Hanna Dunkel
Mordsache Ulsnis

LEDA

Hanna Dunkel
Mordsache Ulsnis
Schleswig-Holstein-Krimi

1. Auflage 2010
3. Auflage 2014

ISBN 13: 978-3-939689-30-0

Leda-Verlag, Rathausstraße 23, D-26789 Leer
info@leda-verlag.de
www.leda-verlag.de

Lektorat: Maeve Carels, Satz: Heike Gerdes
Titelillustration: Carsten Tiemeßen
Druck und Bindung: cpi books GmbH
Printed in Germany

Hanna Dunkel

Mordsache Ulsnis

Schleswig-Holstein-Krimi

LEDA

Inhaltsverzeichnis

In Ulsnisland auf dem Gärtnereigrundstück lebten:

Helene Schmidt geb. Klinker, 39 Jahre alt, Tochter aus 1. Ehe von Marquard Klinker
Max Schmidt, 13 Jahre
Arthur Schmidt, 11 Jahre
Frieda Wiese, 19 Jahre Dienstmädchen

In Ulsnis auf dem Klinkerschen Hof lebten:

Minna Christine Klinker, 68 Jahre 3. Ehefrau des verstorbenen Hofbesitzers Marquard Klinker
Katharina Rasch geb. Klinker, 29 Jahre, Tochter aus 2. Ehe
Nikolaus Schmidt, 24 Jahre Verwalter
Käthe Nanning, 19 Jahre, Stütze
Marie Beusen, 16 Jahre, Dienstmädchen
Magdalene Kruse, 16 Jahre, Dienstmädchen
Johannes Greve, 18 Jahre, Knecht
Johannes Osewald, 69 Jahre, Knecht

Ermittler in Ulsnis:

Kriminalkommissar von Kulick
Kriminalassistent Holst
Landjägermeister Chmella

Amtsgericht in Kappeln:

Amtsgerichtsrat Zuschlag
Gerichtsschreiber Carl August Drews

Landgericht in Flensburg:

Oberstaatsanwalt von Nordenskjöld

Bei den Textstellen in Kursivsatz handelt es sich um Original-Artikel und Aussagen aus den Gerichtsakten.

Sonntag, der 2. April 1922

Der Klinkersche Hof

Katharina Rasch konnte nicht schlafen. Die Taschenuhr auf dem Nachttisch zeigte an, dass es schon kurz vor Mitternacht war. Sie blies die Kerze aus. Ihr Kopf schmerzte, die Gedanken rumorten darin und gönnten ihr keine Ruhe.

Der Wind strich um den alten Hof, die Zweige der Linden schabten an der Mauer. Die Bäume waren viel zu nah ans Haus gepflanzt worden. Sie müssten geschnitten werden – aber das war nicht mehr ihre Sache, darum hatte sich von nun an Helene zu kümmern. Katharinas Stiefschwester, die Witwe Helene Schmidt, geborene Klinker, würde in der nächsten Woche das Erbe antreten.

Helene kam, um auf dem Klinkerschen Hof mit ihren zwei Söhnen und ihrem zukünftigen Ehemann zu leben, und Katharina musste gehen.

Katharina presste die Kiefer zusammen. In ihrem Magen ballte sich die Wut. Morgen würde der Umzug beginnen. An ein Wunder, das dies noch verhindern könnte, glaubte sie nicht mehr.

Der Vater, Hufner Marquard Klinker, war Ende Januar gestorben. So ein alter großer Hof durfte nicht geteilt werden. Das hatte sie von frühester Jugend an gewusst. Da der Hof von Helenes Mutter stammte, sollte Helene ihn auch bekommen. Katharina, die Tochter aus zweiter Ehe, erhielt stattdessen nach des Vaters Wunsch die Gärtnerei, die jetzt noch Helene gehörte. Beide Töchter seien dann gut versorgt, so hatte er sich wohl gedacht. Im Testament war das nicht mehr festgehalten worden, dazu war Vater zu schwach gewesen, aber Helene hatte dem Sterbenden in die Hand versprochen, dass ihre Schwester die Gärtnerei zu Eigentum haben solle. Zuerst war Katharina mit der Abmachung zufrieden gewesen, doch nun graute ihr davor, nach unten an die Schlei, gleich neben den Wald zu ziehen. Was sollte sie in der Einsamkeit auf der kleinen Katenstelle der Schwester anfangen?

Wenn sie doch früher an dem väterlichen Hof Interesse gezeigt hätte! Aber sie hatte Lehrerin werden wollen. Dann war ihr Friedrich Rasch begegnet, und sie hatten vor dem Krieg geheiratet. Nach der Scheidung war sie hierher zurückgekehrt. Erst nach dem Tod des Vaters hatte sie sich um den Betrieb gekümmert und sich mit Hilfe des Verwalters, Nikolaus Schmidt, gut eingearbeitet. So ein Besitztum war wie ein kleines Königreich. Kühe, Pferde und das Land waren in der heutigen Zeit mehr wert als Gold. Anerkennung und Respekt hatte sie sich innerhalb von zwei Monaten bei den Händlern, Nachbarn und den Angestellten des Hofes verschafft. Diese Arbeit erfüllte sie mit tiefster Zufriedenheit. Das war ihre wahre Berufung. Wenn der Vater das hätte erleben können, vielleicht hätte er sich anders entschieden und ihr den Klinkerschen Hof anvertraut.

Jetzt begann das Frühjahr, die Natur war bereit, die Felder mussten bestellt werden. Darüber würde von nun an Helene zu bestimmen haben, und ihr Verlobter Karl Matthiesen, aus dem vermutlich nie ein guter Bauer werden würde. Im Krieg war er Feuerwerksleutnant gewesen und hatte erst im letzten Jahr seinen Dienst quittiert. Wie sollte der so einen Hof führen können? Aber ihre Schwester hatte ja nie ihren Kopf entscheiden lassen, nur das Herz – oder eine Stelle, die ein Stück tiefer zu finden war.

Katharina stand auf und tappte ans Fenster, spähte in die dunkle Nacht hinaus und kühlte ihren heißen Kopf an der Scheibe. Ein bisschen Mond war noch, sonst konnte sie kein Licht sehen. Nur der Pferdestall gegenüber und das mächtige Gebäude zur Linken, das als Scheune und Kuhstall diente, waren noch schwärzer als der Himmel.

Ihre Blicke versuchten, die Dunkelheit zu durchbohren. Sie stand und starrte hinaus, bis die Kälte, die von den Dielen emporstieg, sie wieder ins Bett trieb.

Sie knetete und rieb ihre eiskalten Füße. So konnte sie erst recht nicht einschlafen. Katharina zündete die Kerze an, zog die Schublade am Nachttisch auf und fand das Aspirin. Sie schüttete etwas in ein Glas, goss Wasser aus dem Krug, rührte um, bis sich das Pulver aufgelöst hatte. Ohne abzusetzen schluckte sie das nach Essig schmeckende Getränk hinunter. Dann löschte sie die Kerze, legte sich hin und wartete darauf, dass das Mittel seine Wirkung tat.

Im September würde sie dreißig werden. Was konnte sie noch vom Leben erwarten? Einzig, dass sie am Ende doch den Wald bekommen hatte, war ein kleiner Triumph. In der letzten Woche hatte sie mit ihrer Schwester um den Wald gestritten. Den hatte noch Helenes gefallener Mann gekauft. Somit gehörte er zur Gärtnerei, und damit war es jetzt Katharinas Wald.

Helene war anderer Meinung gewesen, bot ihr an, sie könne so viel Holz schlagen, wie sie zum Brennen benötige. Darauf war sie nicht eingegangen. Am Ende hatte Helene nachgegeben und gesagt, es sei ihr einerlei mit dem Wald. Sie, Katharina, sei der reinste Advokat.

Katharina lächelte und lauschte nach draußen. Aber nur der Wind und die Zweige waren zu hören.

Montag, der 3. April 1922

Die Leiche eines Mädchens

Der Morgen begann wie jeder andere Tag in der Woche auf dem Klinkerschen Hof für Käthe Nanning um fünf Uhr in vollkommener Dunkelheit. Seit einem Jahr war sie als Stütze der Herrschaft beschäftigt. Sie zündete die Kerze an, sie mochte es, in ihrem warmen Schein langsam wach zu werden. Das elektrische Licht konnte sie nicht andrehen, es wurde abends um elf Uhr abgestellt und ging erst am Morgen um acht Uhr wieder an, dann war es längst hell und gar nicht nötig. Sie wusch sich, löste die Zöpfe, bürstete ihr dickes rotes Haar, flocht es erneut und steckte es am Hinterkopf fest. Dann kleidete sie sich an.

Sonst teilte sie das Zimmer mit der alten Frau Klinker, der dritten Frau des verstorbenen Hofbesitzers. Die war über Nacht zu einem Geburtstag bei Verwandten. Käthe hatte sie am Sonntagmorgen in aller Herrgottsfrühe mit der Kutsche zum Bahnhof in Steinfeld gefahren. In den nächsten Tagen wollte Frau Klinker zu ihrem Sohn, Landmann Johannes Andresen, nach Kiesby aufs Altenteil ziehen.

Vielleicht waren ihre Tage auf dem Klinkerschen Hof auch gezählt, überlegte Käthe. Mit Katharina Rasch hatte sie sich gut verstanden, sie war streng, aber immer nett zu ihr gewesen. Wie das mit der älteren Schwester werden würde, musste abgewartet werden. Helene Schmidt galt als freundlich, aber Käthe hatte den Eindruck, dass sie bange war, nicht genug vom Erbe abzukriegen. Es würde sich zeigen, ob Käthe sich nach einer neuen Stelle umsehen musste. Sie hasste Veränderungen.

Sie ging in die Küche. Die beiden Mädchen waren dabei, den Herd anzuheizen. »Guten Morgen, Marie und Magdalene!«

»Morgen, Fräulein Nanning!«

Die Petroleumlampen brannten. Käthe stellte eine auf dem Tisch in der Gesindestube ab. Dann klopfte sie an die Tür des Verwalters und steckte ihren Kopf ins Zimmer. »Guten Morgen. Die ganze Welt ist kreideweiß und auf den Wiesen nichts wie Eis.«

»Dann steh ich nicht auf!«, kam es brummig zurück.

Käthe lachte und ging in die Küche, um das Kaffeewasser aufzusetzen. Marie und Magdalene waren schon auf dem Weg in den Kuhstall.

Als Nikolaus Schmidt aus seinem Zimmer kam, war der Kaffee fertig. Er setzte sich an den Küchentisch. »Sie können einen erschrecken!«

Käthe amüsierte sich. Mit dem Spruch hatte ihr Vater sie und ihre Geschwister schon geneckt, besonders in dieser Jahreszeit, wenn sie sich so nach dem Ende des Winters sehnten. Dann war das Aufstehen doppelt schlimm gewesen.

Nikolaus Schmidt trank seinen Kaffee, stand auf und reckte sich. »Dann wollen wir mal was tun.«

Käthe sah ihm nach. Er war schon auf dem Hof gewesen, als sie ihre Stelle angetreten hatte, damals noch als Knecht. Nach dem Tod des alten Klinkers hatte Helene Schmidt ihn hier zum Verwalter bestimmt. Ein tüchtiger Arbeiter war er.

Im Krieg hatte ihn ein Granatsplitter am Nasenrücken getroffen. »Darunter leidet nur die Schönheit«, war sein Kommentar, und er hatte ihr den Orden,

E.K.II gezeigt. Auf den schien er stolz zu sein, ohne daran zu denken, dass der Splitter ihn leicht hätte töten können.

Erst seitdem Schmidt Verwalter war, wohnte er mit im Herrenhaus und aß auch mit bei der Herrschaft am Tisch. Nicht immer, aber oft.

Um halb sieben kam der Tagelöhner Johannes Osewald in die Gesindestube. Er war schon seit dreißig Jahren auf dem Hof tätig und darüber neunundsechzig und weißhaarig geworden. Nach ihm kam der achtzehnjährige Knecht Johannes Greve herein. Er hatte bereits die Pferde gefüttert. Auf dem Hof wurden erst die Tiere versorgt, dann kamen die Menschen an die Reihe, so war es immer gewesen.

Johannes Greve war noch vom alten Klinker eingestellt worden. Doch als er am ersten Februar seine Stelle angetreten hatte, war der Hofbesitzer schon verstorben. Der junge Mann hatte erst mit in Osewalds Kammer geschlafen, die etwas abseits lag, aber als der Verwalter ins Herrenhaus zog, hatte Greve von ihm die Kammer neben dem Pferdestall übernommen. Wenn nachts etwas mit den Pferden war, konnte er gleich nach ihnen sehen.

Nun gesellte sich auch der Tagelöhner Wilhelm Wienke zu den Männern an den Tisch. Er war verheiratet und wohnte in einem Haus, das drei bis vier Minuten vom Hof entfernt lag. Er hatte schon öfters Arbeiten für die Klinkersche Herrschaft erledigt, aber jetzt hatte er eine feste Anstellung und war darüber froh. Schweigend schlürften sie ihren Kaffee. Dann war das Klappern der Milchkannen zu hören. Greve stand auf. Es war seine Arbeit, die Milch zur Meierei zu bringen.

*

Käthe Nanning legte Holz nach. Das Feuer wollte heute nicht so recht brennen. Der Wind fuhr in den Kamin und trieb Rauchwolken aus allen Ritzen des Herdes.

Auf dem Hof begann Nikolaus Schmidt zusammen mit einem Nachbarn das Holz zu sägen, Wienke und Osewald halfen dabei. Käthe heizte die anderen Öfen an und räumte auf. Als Katharina Rasch erschien, um zu frühstücken, hatte Käthe schon etwas zu sich genommen und fing mit dem Reinigen der Zimmer an.

Doch als das gleichmäßige Holzsägen verstummte, hob sie den Kopf und schaute nach draußen. Erregte Stimmen schwirrten durch die Luft. Johannes Greve schien eben mit den leeren Milchkannen zurückgekommen zu sein, er stand bei den Männern, auch Marie und Magdalene eilten hinzu. Dann ließen die Mädchen ihre Eimer stehen und kamen mit flatternden Schürzen auf das Herrenhaus zugelaufen, während Nikolaus Schmidt in die andere Richtung rannte. Da musste etwas passiert sein.

Käthe Nanning kam ihnen vor der Gesindestube entgegen. »Was ist los?«

»Auf der Hanseschen Koppel liegt die Leiche eines Mädchens!«, rief Marie erregt und außer Atem.

»Woher wisst ihr das?«

»Greve«, keuchte Magdalene. »Er hat es in der Meierei gehört.«

Nikolaus Schmidt hatte sein Fahrrad aus der Knechtekammer geholt. »Wir fahren mal eben hin«, rief er und trat in die Pedale.

Auch der Nachbar schwang sich auf sein Rad und folgte ihm. Käthe sah, dass auf der Straße noch mehr Leute unterwegs waren. Offensichtlich war die Nachricht wie der Wind durchs ganze Dorf gegangen. Die

Hansesche Koppel lag links von der Straße nach Ulsnisland, das wusste jeder hier.

»Weiß man schon, wer es ist?«, fragte sie.

Die Mädchen schüttelten die Köpfe.

»Ich sag es der Herrin.« Käthe lief in die Küche. »Auf der Hanseschen Koppel liegt die Leiche eines Mädchens!«

Katharina Rasch sah erstaunt auf. »Wer sagt das?«

»Greve hat es in der Meierei gehört. Vielleicht ist es ein Mädchen, das am Samstag den Ball mitgemacht hat.« Käthe wusste, dass Frau Rasch nicht viel von solcherart Vergnügungen hielt.

Sichtlich nachdenklich betrachtete Frau Rasch die beiden Körbe mit Schüsseln, die sie zusammengepackt hatte. Die hatte sie, wie Käthe wusste, im Laufe des Vormittags zum Gärtnereigrundstück bringen wollen. »Dann gehe ich nicht zu meiner Schwester«, sagte Frau Rasch. »Ich möchte nicht an der Leiche vorbei.«

*

Nikolaus Schmidt kam zurück, ließ sein Rad an der Mauer des Pferdestalls stehen und wechselte ein paar Worte mit Greve, der mit dem Putzen eines Pferdes beschäftigt war. Als er den Hof überquerte und auf das Herrenhaus zukam, hielt er den Kopf gesenkt, so dass sein helles Haar das kantige Gesicht mit den blauen Augen verdeckte, in denen sonst jede Regung zu lesen war. Seine kräftige Gestalt war wie unter einer schweren Last zusammengesunken. So hatte Käthe Nanning ihn noch nie gesehen. Wie ein alter Mann kam er an und war doch erst vierundzwanzig.

Gespannt sah sie ihn an, als er endlich in die Gesindestube trat. Auch die beiden Mädchen schauten auf, und Wienke und Osewald, die beiden Tagelöhner, unterbrachen ihr Gespräch. Nur durch die angelehnte Tür zur Küche war Frau Rasch zu hören, die mit dem Geschirr hantierte.

Der Verwalter räusperte sich. Dann begann er leise, damit die Herrin die furchtbare Nachricht nicht hören konnte: »In der Nähe des Gemeindevorstehers trafen wir Niels Jensen. Der erzählte ...« Die Worte wollten nicht heraus, er musste sich sichtlich zusammenreißen. »Helene Schmidt – die Schwester von Frau Rasch ... Es ist furchtbar. Sie ist mit ihren Kindern in ihren Betten liegend ... Das Dienstmädchen nicht weit ab davon auf der Koppel ...« Er schluckte. »Sie sind ermordet aufgefunden worden.«

»Was?!« Das konnte nicht sein! Käthe sah in die entsetzten Gesichter der anderen. Ungläubig betrachten sie den Überbringer der Schreckensnachricht.

Da trat Frau Rasch in die Stube. Alle drehten die Köpfe.

»Was ist? Was seht ihr mich so an?«

»Ich möchte es Ihnen gar nicht sagen.« Nikolaus Schmidt biss sich auf die Lippen, schaute an ihr vorbei.

»Nur zu, ich habe schon etwas gehört.«

So berichtete er – schweren Herzens, wie Käthe ihm ansah – was er wusste und fügte hinzu, dass derjenige, der ihm das erzählt habe, selbst im Haus von Katharina Raschs Schwester gewesen sei.

Frau Rasch schlug die Hand vor den Mund, lehnte sich mit dem Rücken an die Tür und fing an zu schluchzen. Doch dann, als sei es ihr peinlich, sich derartig vor dem Personal gehen zu lassen, hörte sie plötzlich wieder auf.

Käthe nahm ihren Arm und führte sie ins Wohnzimmer, wo sie sich wie eine Puppe aufs Sofa setzen ließ. Käthe strich hilflos über ihre Hand, wollte trösten und wusste nicht wie.

Den ganzen Vormittag verbrachten sie so. Frau Rasch wollte sich nicht hinlegen. Sie weinte nicht. Käthe kannte sie gut genug. Die Herrin machte alles mit sich alleine ab, auch als ihr Vater gestorben war, hatte sie nicht weinen können.

Die Nachbarn kamen, um ihr Beileid auszudrücken. Sie waren fassungslos. »Die Schwester *und* die Kinder.« »Furchtbar.« – »Wer kann denn das bloß gemacht haben.« – »Schrecklich, zu schrecklich.«

Katharina Rasch sagte später, es habe ja doch keinen Zweck, da hinzugehen, und dass man die Toten so in Erinnerung behalten müsse, wie sie im Leben gewesen seien.

Am Nachmittag trafen mit der alten Frau Klinker auch deren Verwandte ein. Sie gingen zu dem Mordhaus und sagten danach, Katharina solle nicht hingehen, es sähe zu schrecklich aus.

Dann erzählten sie, dass die Leiche auf der Koppel Helene Schmidt sei. »In den Betten liegen die beiden Knaben und das Dienstmädchen Frieda Wiese.«

»Kann das ein Racheakt eines verschmähten Liebhabers gewesen sein, der von der bevorstehenden Verlobung mit Matthiesen gehört hat?«, fragte Katharina.

»Die Polizei hat alles abgesperrt. Sie sind mit einem großen Mannschaftswagen und Suchhunden aus Kiel gekommen. Die werden den Täter bald haben.«

Als es dämmerte, kam mit Getöse ein Motorrad auf den Hof. So ein Gefährt hatte man hier noch nicht gesehen.

Ein Uniformierter mit verdreckten Stiefeln stellte sich als Landjägermeister Chmella aus Schleswig vor. Käthe Nanning brachte ihn zu Frau Rasch.

»Mein Beileid und ich bitte um Entschuldigung, dass ich Sie heute damit behelligen muss.« Er lächelte, sah sie dabei aber forschend und mit kalten Augen an. »Ich bin hier, um einen Stammbaum der Familie zu erstellen.«

Am Küchentisch sei genügend Platz für so eine Arbeit, sagte Katharina. Und Chmella schrieb nach ihren Angaben die Namen hin, zog Verbindungslinien und notierte Geburts- und Sterbedaten. Drei ganze Seiten benötigte er dafür.

»Wenn mein Vater nicht drei Mal geheiratet hätte, wäre es einfacher«, sagte Katharina.

Helene hatte ihre Mutter verloren, als sie zwei Jahre alt gewesen war. Katharinas Mutter war gestorben, als sie gerade dreizehn war, dann war ihre jüngere Schwester Marie gestorben und nur siebzehn Jahre alt geworden. Jetzt war nur noch sie, Katharina, da.

»Die dritte Ehe war kinderlos, da war meine Stiefmutter die Überlebende«, sagte Katharina zum Schluss und dachte, dass diese Ehe nicht glücklich gewesen war, und das hatte ohne Zweifel an ihrer Stiefmutter gelegen.

»Pass auf, dass sie sich nach meinem Tod nicht alles aneignet«, hatte ihr Vater gewarnt. Und wirklich, die Frau wollte doch eine neue Waschbalje mitnehmen, obwohl sie nur eine alte mit in die Ehe gebracht hatte!

Dienstag, der 4. April 1922

Leichenöffnung

Carl August Drews löffelte ohne Appetit die Hafergrütze in sich hinein. Er musste etwas essen, und er wollte seine Wirtin nicht enttäuschen. Irgendwie war der Tag nach dieser schlaflosen Nacht zu überstehen, er durfte keine Schwäche zeigen, sonst war es aus mit seiner Karriere am Amtsgericht. Doch die Bilder des gestrigen Tages verfolgten ihn.

Als Amtsgerichtsrat Zuschlag ihn aufgefordert hatte, mit nach Ulsnis zum Tatort zu kommen, hatte er sich noch gefreut. Es war sein erster richtiger Fall als Gerichtsschreiber – und dann gleich so etwas. Auch den erfahrenen Polizisten und Landjägern war die Betroffenheit anzusehen gewesen. Sie hatten ihre Arbeit getan, er hatte zusammen mit zwei anderen das Haus der Getöteten vermessen und alle Einzelheiten aufgezeichnet. So hatten sie die Einrichtung und die Lage der Öfen, die Glassplitter des eingeschlagenen Fensters und die Blutspuren an der Schlafzimmertür, die Stallungen und sogar den Abort im genauen Maßstab aufs Papier gebracht. Zwischendurch hatte er sich unauffällig im Gehölz hinterm Haus übergeben.

Er schob den Teller weg und trank hastig einige Schlucke Kaffee, lehnte sich zurück und schloss die Augen.

»Ist Ihnen nicht gut? Sie sehen blass aus.« Mathilde Clausen war in die Stube getreten und schaute ihn besorgt an.

»Es ist nichts«, wehrte er ab.

»*Hinweise an das Amtsgericht Kappeln* – Sie haben damit zu tun, nicht?« Seine Wirtin legte die Zeitung auf den Tisch. »Furchtbar! Hier in unserer Nähe ein vierfacher Raubmord.«

»Ach, was schreiben sie denn?« Drews sah auf seine Uhr, verstaute sie wieder in der Westentasche und vertiefte sich in die Zeitung.

Mathilde begann, das Geschirr auf ein Tablett zu räumen. Seit gut vier Wochen war Drews ihr Logiergast. Sie hatte immer junge Männer vom Gericht gehabt, schon als Walter noch lebte. Ihr Mann und der Amtsgerichtsrat waren Nachbarjungen gewesen. Die Praktikanten und Gerichtsschreiber, die eine Bleibe suchten, schickte er zu ihr: Das sei zwar in Ellenberg, auf der anderen Schleiseite, aber bei Mathilde Clausen verhungere keiner. Das war ein wichtiges Argument in diesen Zeiten. Alles war jetzt so teuer. Mathilde pflegte ihre Beziehungen zu den Bauern, den Händlern und den Fischern.

Durch die alte Freundschaft zum Gerichtsrat hatte sie immer ordentliche Mieter, da wusste man, was man im Hause hatte. Leise, um den Lesenden nicht zu stören, ging sie zwischen Küche und Esszimmer hin und her.

Stadtnachrichten

Vierfacher Raubmord!

In der Nacht vom Sonntag, den 2. auf Montag, den 3. April, ist auf dem Wege von Ulsnisstrand nach Ulsnisdorf die Witwe Helene Schmidt, geb. Klinker, auf einer Koppel unmittelbar am Wege und in der Wohnung der Witwe Schmidt in Ulsnisstrand deren beiden 11 und 13 Jahre alte Söhne Artur und Max und das im Hause bedienstete Mädchen Frieda Wiese ermordet aufgefunden worden. Anscheinend liegt Raubmord vor. Der Tod ist durch wuchtige Schläge auf den Kopf herbeigeführt. Zweckdienliche Mitteilungen bezüglich der Täterschaft, die unter allen Umständen streng vertraulich behandelt werden, werden erbeten an das nächste Landjägeramt, die nächste Polizeibehörde, das Amtsgericht Kappeln oder an die Staatsanwaltschaft Flensburg. Für die Ermittlung der Täter wird eine hohe Belohnung in Aussicht gestellt.

So weit der amtliche Bericht. Von anderer Seite erfahren wir zu der grausigen Tat noch das Folgende: Die Leiche der Witwe Schmidt lag auf einer etwa 700 Meter vom Hause entfernten Koppel. Bekleidet war sie nur mit einem Hauskleide, trug also weder Hut noch Mantel. Nur einen Pelzkragen fand man bei der Leiche. Allem Anscheine nach ist die Frau nicht auf der Koppel erschlagen, sondern dorthin geschleift worden. Der erste Schlag muss auf der Straße gefallen sein. Dafür spricht auch, dass man auf der Straße eine anscheinend von einem Hecktor stammende Latte fand, ferner lagen auf der Straße Haare und mit Blut besudelte Knöpfe. Von der Straße bis zur Koppel führt eine Blutspur. Auf diesem Schleifwege sind denn auch ein Gebiss, Teile der Hirnschale, Haarkamm und Haarpfeil gefunden worden. Die Hand der Leiche war hoch aufgeschwollen, wahrscheinlich durch einen wuchtigen Schlag. Alle Anzeichen sprechen dafür, dass ein schwerer Kampf zwischen dem Täter und der Erschlagenen, der der Schädel gespalten ist, stattgefunden hat.

Das Haus der Getöteten, die eine gut gehende Gärtnerei besaß, ist von peinlichster Sauberkeit. Ein Fenster zu einem kleinen Zimmer wurde eingedrückt vorgefunden. Das Innere bot ein grässliches Bild. In ihren Betten lagen erschlagen die beiden Knaben der Witwe sowie ihr Dienstmädchen. Alle drei mit derselben klaffenden Kopfwunde, die das Gehirn bloßgelegt hat. Wände und Decken sind mit Blut geradezu besudelt. In der Küche fand sich ein Eimer mit Wasser, der ebenfalls Blut enthielt. Wahrscheinlich hat der Täter sich nach der grauenvollen Tat vom Blute zu reinigen gesucht.

In der Bevölkerung des kleinen Ortes herrscht eine unbeschreibliche Erregung. Heute findet die amtliche Leichenschau statt. Hoffentlich gelingt es den Bemühungen des Oberstaatsanwalts von Nordenskjöld und der übrigen am Orte weilende Gerichts- und Polizeibeamten, Licht in das Dunkel der grauenvollen Tat zu bringen.

Bemerkt sei noch, dass die Erschlagene sich am letzten Sonnabend verlobt hatte.

Carl August Drews hob den Kopf, seine Wirtin stand mit der Kaffeekanne in der Hand da. Ein preußischer

Beamter musste die Amtsverschwiegenheit wahren, deswegen hatte er ihr gestern gar nichts erzählt. Mit der Schweigepflicht war nicht einfach umzugehen, gerade wenn ihn etwas so wie jetzt beschäftigte und er gerne darüber geredet hätte.

»Ich will man lieber pünktlich im Amtsgericht sein«, sagte er. »Kann ich die Zeitung mitnehmen?«

Sie nickte und sah zu, wie er aufstand, die Zeitung faltete und in die Aktentasche steckte. Er schloss den hohen Kragen, knöpfte seinen Rock zu, zupfte an den Manschetten. Mit Hut und Überzieher stand er wenig später im dunklen Flur.

»Vielleicht bin ich so wie gestern zum Mittag nicht da«, rief er und ging.

Als die Gartenpforte hinter ihm zuschlug, band Mathilde sich die Schürze um, goss heißes Wasser in die Emailleschüssel, gab etwas Soda dazu und begann, das Geschirr zu spülen. Sie mochte diese Tätigkeit mit den Händen im warmen Wasser. Pünktlich zum Mittag würde er bestimmt nicht sein, das kannte sie schon. Sie hatte, als sie unterwegs von dem Mord hörte, daran gedacht und Erbsen eingeweicht, um heute eine dicke Erbsensuppe zu kochen. Der schadete das lange Warmhalten nicht.

Hoffentlich kam der junge Mann mit der Sache zurecht, er war empfindsam. Aus Lübeck war er, beide Eltern waren 1918 an der Spanischen Grippe verstorben. Millionen Menschen hatte es dahingerafft. Als er ihr davon erzählte, waren seine ungewöhnlich dunkelblauen Augen noch dunkler geworden. Ein hübscher Junge war er, mit dichtem braunem Haar, um das ihn so manches Mädchen sicherlich beneidete. Aber zart, viel zu zart für einen Mann. Mathilde seufzte. Solange er hier war, wollte sie schon auf ihn Acht haben.

Den kleinen Ort Ulsnis und das mehr an der Schlei gelegene Ulsnisland kannte sie. Das war nur fünfundzwanzig Kilometer von hier entfernt, zwischen Kappeln und Schleswig. Vor dem Krieg war sie mit Walter da gewesen. Sie hatten einen Ausflug mit dem Dampfer gemacht, auf der Veranda des Strandhotels Buchweizentorte gegessen, durch die Bäume und das Schilf auf das glitzernde Wasser geschaut und nachher im Saal getanzt. Ein cremefarbenes Kleid hatte sie getragen. Das war so lange her, kurz vor ihrer Hochzeit, zehn Jahre! Aber Walter, dieser Döskopp, hatte sich gleich zu Anfang des Krieges freiwillig gemeldet – er musste ja unbedingt das Vaterland verteidigen – und war in den ersten Kriegstagen gefallen. Hier bei ihr wäre er viel nützlicher gewesen. Nun hatte sie keine Kinder und würde auch nie welche haben. Jetzt war sie zu alt, schon zweiundvierzig.

Wer um alles in der Welt verstand, dass ein Mensch Kinder erschlagen konnte? Sie mochte gar nicht daran denken. Tränen stiegen ihr in die Augen, sie schnäuzte sich und wischte das Nasse weg, aber die Tränen hörten nicht auf. Dann ließ Mathilde sie fließen, und ihre Tränen mischten sich mit dem Abwaschwasser.

*

Carl August Drews ging schneller als sonst, obwohl sein Bein schmerzte. Das leichte Hinken verdankte er einer Mutprobe. Als Junge war er beim Balancieren von einem Brückengeländer abgestürzt. Seitdem hatte er niemandem mehr beweisen wollen, dass ein kleiner auch ein ganzer Kerl war.

Eine Ahnung von Frühling lag in der Luft, mild und windstill war der Morgen. Der Rauch aus den Schornsteinen stieg senkrecht auf, es würde ein schöner Tag werden.

An der Pontonbrücke staute sich der Verkehr. Fuhrwerke und Karren, Marktfrauen mit Körben, Hunde und sogar drei Schweine, die ein Bauer trieb, waren auf dem Weg nach Kappeln. Auch ein Automobil rumpelte über die Bohlen. Die Kutscher hatten Mühe, ihre Pferde zu beruhigen. Bahnreisende auf dem Weg nach Eckernförde kamen ihm zu Fuß entgegen, gefolgt von Kofferträgern mit Gepäckstücken. Die Lokomotive des Zuges, der hier *Tante Rosa* oder *Schwansen-Express* genannt wurde, wartete in Ellenberg. Die Lok war zu schwer für die alte Brücke. Güterwagen wurden einzeln mit Pferden herübergebracht. Dann war der Verkehr für andere Fuhrwerke abgesperrt. Seit ihrem Bau vor über fünfzig Jahren hatte die Brücke schon einiges mitgemacht, Eisgang und Kollisionen mit Schiffen erlebt, auch die Hufe der Pferde hinterließen ihre Spuren im Holzbelag.

Carl August blieb einen Moment stehen. Einige Holzfrachter aus Schweden warteten bereits auf die Durchfahrt. Die Strömung zog Richtung Ostsee. Jeden Tag war es hier anders. Heute war das Wasser glatt und glänzend. Große Möwen flogen darüber hin, ohne Flügelschlag, aber aufmerksam nach Beute spähend. Es war gut, dieses Treiben zu betrachten und den Menschen zuzusehen. Diese Bilder verdrängten die schrecklichen anderen. Das Lachen eines Fremden kam ihm heute wie ein Trost vor. Ob das allen Männern so erging, die mit Mord zu tun hatten? War er doch nicht für seinen Beruf geeignet?

Langsam ging er weiter. Es war ihm nicht schwergefallen, sich in Kappeln einzuleben. Daran hatte seine Wirtin mit ihrer herzlichen Art einen großen Anteil. So eine Frau wie Mathilde Clausen wünschte er sich, mit blondem Haar, das im Lampenlicht schimmerte, die morgens ein blaues geblümtes Hauskleid trug und so liebevoll den Kaffee in seine Tasse einschenkte – nur zwanzig Jahre jünger müsste sie wohl sein. Ob er die hier finden würde?

Auf der Stadtseite waren die beiden Brückenwärter damit beschäftigt, das Geld für die Überquerung einzukassieren und Quittungen auszugeben. Drews lüftete grüßend den Hut, als er vorüberkam.

Der kürzeste Weg in die Stadt war über den Fährberg und die Kirchtreppe. In der Schmiedestraße überholte er einen Milchwagen, die eisenbeschlagenen Räder rumpelten über das unebene Straßenpflaster, die Pferde schwitzten und schnauften vor Anstrengung.

Als er in die Gerichtsstraße einbog, begann die Glocke von Sankt Nikolai zu schlagen.

*

Am Stadtrand von Kappeln auf dem höchsten Punkt, in Nachbarschaft der Meierei und der Mühle Amanda, lag das Amtsgericht.

Es war im Jahre 1884 nach der Verordnung der preußischen Justizverwaltung aus Ziegelsteinen erbaut und bewusst eindrucksvoll gestaltet worden, so dass der normale Bürger beim Betreten Beklemmung verspürte. Schwarze Holztüren, schwarz-weißes Muster aus Steinfliesen auf den Böden, hohe Räume. Hier wurde Recht gesprochen und es wurden Verfehlungen geahndet. Im Keller befanden sich zwei Arrestzellen für kurzzeitigen Vollzug. Eine vier Meter hohe Gefängnismauer an der rechten Seite des Gebäudes verstärkte den Festungscharakter.

Pünktlich um acht Uhr öffnete Drews die hohe, schwere Tür des Amtsgerichts. Er nahm den Hut ab und nickte grüßend dem Wachtmeister zu, der auf seinem Posten im Raum neben dem Eingangstreppenhaus war. Dann stieg er langsam die Treppe in den ersten Stock hinauf.

*

Amtsgerichtsrat Zuschlag war schon in seinem Zimmer. Sein Schreibtisch stand etwas erhöht und war mit einem hölzernen Gitter vom übrigen Raum abgetrennt, einer niedrigen, aber Distanz schaffenden Barriere wie im großen Gerichtssaal nebenan. Dieser Saal mit der hohen Decke aus dunklem Holz, dem großartigen Kronleuchter und dem schwarzen Muster aus preußischen Adlern an den Wänden schüchterte selbst einen Gerichtsschreiber noch ein, sobald er ihn betrat.

»Guten Morgen, Herr Amtsgerichtsrat.«

»Morgen, Drews. In einer Stunde wird der Oberstaatsanwalt hier eintreffen. Wir haben bei der Leichenöffnung zugegen zu sein. Haben Sie schon die Akte ›Mordsache Ulsnisland‹ angelegt? Sämtliche Zeitungsartikel, die den Fall betreffen, werden ausgeschnitten. Ich habe den Boten losgeschickt, er wird gleich mit den neuesten Blättern zurück sein.«

Carl August hängte Überzieher und Hut an den Garderobenständer, und setzte sich an seinen Schreibplatz, in Reichweite seines Chefs, der über ihm thronte. Dass der Gerichtsschreiber nicht an einem Stehpult zu arbeiten hatte, war ein Fortschritt und wohl nur der Erfindung der Schreibmaschine zu verdanken.

Den Artikel aus der mitgebrachten *Flensburger Volkszeitung* schnitt er aus und klebte ihn auf einen gefalteten Bogen Papier – zwanzig solcher Bögen würden mit Fadenheftung im Pappdeckel der Anfang für die neue Akte werden.

Es klopfte, und auf das »Herein« des Amtsgerichtsrats riss der Bote die Tür auf. Per Ohlsson war erst sechzehn, ein Bauernbursche mit roten Wangen. Er legte mit einem übertriebenen Diener zwei Zeitungen auf den Schreibtisch. Erst letzte Woche hatte der Amtsgerichtsrat ihn wegen seiner Manieren getadelt. Gegen Überhöflichkeit ließe sich wohl schlecht etwas sagen, schien er zu glauben, und verbeugte sich zur Sicherheit auch beim Hinausgehen. Schließlich wollte er seine Arbeit behalten. Carl August grinste in sich hinein, und als er seinen Chef ansah, bemerkte er auch auf seinem Gesicht eine Spur von Heiterkeit.

Der Artikel über den Mord war in der *Neuen Flensburger Zeitung* umfangreicher.

»Was haben die Neues zu berichten?«, wollte der Amtsgerichtsrat wissen.

»Allerhand Gerüchte, obwohl man diese nur mit größter Vorsicht aufnehmen solle, wie sie betonen«, sagte Carl August. »Zum einen soll der Täter per Motorrad gekommen sein. Andererseits will man gestern in Eckernförde einen Mann mit dem Rade gesehen haben, der Blutspuren an seiner Kleidung trug. Außerdem wird erzählt, eine Stiefschwester der Ermordeten, die mit ihr seit langem verfeindet sei, habe dabei die Hand mit im Spiele gehabt.«

Carl August reichte die Zeitungen seinem Chef. Der überflog den Bericht und vertiefte sich dann in die *Flensburger Nachrichten*. Dieses Blatt berichtete auf der ersten Seite unter der Überschrift *Die Greueltat in Ulsnis-Strand* in drei Spalten über den Mord.

Nach einer Weile rief Zuschlag aus: »Immerhin wird unsere Arbeit einmal gelobt. Das kommt nicht oft vor, und das wird sich auch ganz schnell ändern, wenn wir den Mörder nicht bald zu fassen kriegen.«

Dann las er laut vor: *»Es liegt auf der Hand, dass über die einzelnen Phasen der Untersuchung keine Mitteilungen gemacht werden können. So viel kann gesagt werden, dass alle an der Untersuchung beteiligten Stellen von der Entdeckung der Tat an mustergültig gearbeitet haben. Als Gerichtskommission und Oberstaatsanwalt Montagmittag mit dem Auto an Ort und Stelle eintrafen, fanden sie, dass sowohl Ortsbehörde wie Landjägerei ihnen ausgezeichnet vorgearbeitet hatten. Die Leute kannten ihre Pflicht und haben mit Verständnis und Geistesgegenwart sofort das Wichtigste getan: Sie sperrten den Tatort lückenlos ab. Mit Geistesgegenwart sagen wir: Man möge sich die geradezu lähmende Wirkung dieser entsetzlichen, zumal in unserer Gegend ganz unerhörten Tat vorstellen, die nur in einem viehischen Blutrausch begangen sein kann.*

Nachdem so dafür gesorgt war, dass am Befunde nichts geändert werden konnte, begannen die herbeigeeilten Vertreter der Polizei und der Staatsanwaltschaft planmäßig ihre Arbeit. Aus Flensburg war, wie berichtet, der Oberstaatsanwalt Nordenskjöld mit Begleitung gekommen, aus Kappeln die Gerichtskommission des Amtsgerichts, aus Kiel der Leiter der Kieler Kriminalpolizei Kulick mit vier Beamten. Der gesamte Tatbestand wurde photographiert, Polizeihunde wurden eingesetzt.«

Der Amtsgerichtsrat gab Drews die Zeitungen wieder. »Lesen Sie das, aber vergessen Sie nicht dabei die

Tatsachen, die wir bisher ermittelt haben. Noch haben wir gar nichts in der Hand. Dass es sich um keinen Raubmord, sondern um eine Wahnsinnstat wegen verschmähter Liebe handeln könnte, ist interessant. Doch bringt einer darum vier Menschen um? Was meinen Sie?«

Auf der Straße war ein ankommendes Automobil zu hören. Zuschlag trat ans Fenster. »Der Oberstaatsanwalt! Dann wollen wir mal. Gott sei Dank müssen wir uns nicht jeden Tag mit Leichen befassen.«

Er klopfte dem jungen Mann aufmunternd die Schulter.

*

Amtsgerichtsrat Zuschlag nahm im Fond neben dem Oberstaatsanwalt Platz, Carl August setzte sich neben den Fahrer. Der bemühte sich zwar, den größten Unebenheiten auszuweichen, behielt aber sein Tempo bei, als gelte es, einen flüchtenden Verbrecher einzuholen. Vielleicht war er auch nur berauscht von den Möglichkeiten dieses modernen Fahrzeugs. Carl August hätte Pferd und Wagen vorgezogen, dabei ließ sich jedenfalls nachdenken. So aber rasten Bäume und Hecken an ihnen vorbei, die Felder tanzten auf und ab, und wenn sie durch eine Ansammlung von Häusern kamen, erschreckte die Hupe nicht nur Hühner, Gänse und spielende Kinder. Auch Carl August fuhr jedes Mal zusammen, zur Freude des Fahrers.

In Ulsnis wurden sie an der Absperrung durchgelassen und gingen die letzten Meter am Wald entlang bis zur Rückseite des Mordhauses.

Diesen Weg war Helene Schmidt wohl auch gegangen, in der Nacht – alleine oder mit dem Mörder. Carl

August sah sich um. Nur hier und da war ein Dach zwischen Bäumen und Sträuchern zu sehen. Warum hatte sie nur bei Dunkelheit das Haus verlassen? Es musste einen wichtigen Grund dafür gegeben haben.

Wenn man der Wahrheit näher kam, indem man die Leichen aufschnitt, dann musste das getan werden. Die Ärzte würden das Ergebnis ihrer Untersuchung diktieren, er musste sich nur auf das Tippen konzentrieren, damit sie die ganze Sache so schnell wie möglich hinter sich bringen konnten.

Während der Oberstaatsanwalt und der Amtsgerichtsrat im Haus verschwanden, blieb er im Hof stehen und betrachtete die Rückseite des Hauses, die hellblauen Fensterrahmen und die weißen Mauern. Vom Stall her roch es nach Mist. Braune, weiße und schwarze Hühner scharrten zwischen den Beeten. Das sah alles friedlich aus, so als sei hier nichts Schreckliches geschehen. Nur das zerbrochene Fensterglas erinnerte daran.

Die Hintertür öffnete sich. Der Amtsgerichtsrat winkte. »Drews, wir wollen anfangen.«

Carl August beeilte sich, ins Haus zu kommen.

In der Küche hatten zwei Herren in weißen Kitteln bereits die Leiche von Helene Schmidt auf einen behelfsmäßigen Tisch gelegt. Carl August sah schnell weg.

Auf dem Küchentisch stand eine Schreibmaschine bereit. Der Amtsgerichtsrat stellte beide Ärzte vor: »Kreisarzt Dr. Arthur Lewerenz und Dr. Richard Eichbaum, Oberarzt in Schleswig an der Provinzial-Heilanstalt.«

Die Herren nickten und wandten sich wieder der Leiche zu. Der Amtsgerichtsrat stand so, dass seinem

Schreiber die Sicht auf das Geschehen genommen war. Ob das Absicht oder Zufall war, Carl August war ihm deswegen dankbar. Er spannte das erste Blatt ein.

Das Amtsgericht Kappeln, Ulsnisstrand, den 4. April 1922, schrieb er zuerst, und die Namen der Anwesenden. Dann achtete er nur auf das, was er schreiben musste, und versuchte die Geräusche zu überhören, die beim Aufschneiden und Untersuchen entstanden.

Die Leiche der etwa 38jährigen bekannten Frau ist 160 cm lang. Sie ist bekleidet mit einem schwarzen Kleide, welches vorn geknöpft wird, ferner mit schwarzen Strümpfen und niedrigen Schuhen. Die Kleidung ist namentlich an beiden Armen mit Blut und mit Erde teils leicht besudelt. Auch der Rock und der rechte Strumpf, sowie der rechte Schuh sind mit einer ziemlich dicken Kruste von angetrocknetem lehmigen Sande bedeckt. Ein um den Hals geschlungener Pelzkragen, welcher stellenweise zerrissen ist, so dass das Futter hervorschaut, ist ebenfalls mit angetrocknetem Blut und Strohteilchen besudelt. Von der schwarzen Bluse sind vier Druckknöpfe gelöst, von ihnen der untere abgerissen. An der Stelle, wo die Kleidung geöffnet ist, liegt die rechte Seite des Halses und der angrenzende Teil der Brust und Schulter frei zu Tage.

Die beiden Ärzte gingen nach einem bestimmten Schema zu Werke. Sie sahen sich das Äußere des Körpers genau an und beschrieben die Verletzungen bis ins Kleinste, stellten fest, dass der Leichengeruch kaum wahrnehmbar sei, begannen dann mit der inneren Besichtigung, schnitten und sägten, sahen sich das Gehirn und die Bauchhöhle an, nahmen das Herz heraus, schauten sich die Kammern an, befühlten die Lunge, die Speiseröhre, stellten Blut in der Luftröhre fest, begutachteten Milz, Niere und die Nebenniere, schnitten die Harnblase auf, betrachteten die Eierstöcke, die Scheide und die Gebärmutter, fanden braunen Kot im Mastdarm und im Dickdarm, im Magen sauer reagierenden Speisebrei mit erkennbaren Fleischstückchen, fanden den Zwölffingerdarm leer und beendeten die Untersuchung mit der Feststellung, dass die Bauchspeicheldrüse, die Lendenwirbelsäule und die Beckenknochen unverändert seien.

Zwischen den Fingern der linken und der rechten Hand klebten mit Blut besudelte braune lange Haare, die aufbewahrt wurden.

Das vorläufige Gutachten der Ärzte lautete: *Der Tod ist infolge der ausgedehnten Kopf- und Gehirnverletzungen eingetreten. Diese Verletzung ist durch eine schwere, stumpf angreifende äußere Gewalt herbeigeführt worden. Die im Schädelraum und zum rechten Stirnlappen vorgefundenen Holzsplitter deuten darauf hin, dass bei der Verletzung ein hölzerner Gegenstand benutzt worden ist.*

Immer wenn sie eine Leiche zugenäht hatten, machten die Ärzte eine kleine Pause, standen im Hof und rauchten schweigend und hastig. Dann kehrten sie zurück an die Arbeit. Nur einmal wurden sie unterbrochen, als an der Vordertür Leichenkleider abgegeben wurden.

Zuletzt wurde der kleine Arthur untersucht. Das Ergebnis lautete wie bei den anderen der im Hause Getöteten:

»Der Tod ist infolge der ausgedehnten Kopf- und Gehirnverletzung eingetreten. Diese Verletzung ist durch eine schwere, stumpf angreifende äußere Gewalt herbeigeführt.«

*

Während nebenan in den Räumen zur Hofseite die Leichen seziert wurden, hatte sich Oberstaatsanwalt von Nordenskjöld in der guten Stube des Hauses hinter dem großen Tisch verschanzt und füllte mit seiner großzügigen Handschrift Seite um Seite. Die Aussagen der bestellten Zeugen, den Leuten aus der Nachbarschaft, ähnelten sich. Bis jetzt war noch keine bemerkenswerte Neuigkeit dabei, jedenfalls war auf den ersten Blick hin nichts dergleichen zu erkennen. Aber das war eben auch Polizeiarbeit, sich aus kleinen Einzelheiten ein gesamtes Bild zusammenzustellen. Das war langwierig und mühsam, aber notwendig.

Ins Mordhaus zu kommen, bereitete den Zeugen offensichtlich Unbehagen. Sie saßen auf der Stuhlkante und waren froh, wenn sie ihre Mützen, die sie während der Aussagen unruhig mit den Händen geknetet hatten, wieder aufsetzen und den unheimlichen Ort verlassen konnten.

Der Oberstaatsanwalt stellte allen die gleichen Fragen. Ob sie näheren Kontakt zu der Verstorbenen hatten, was sie über die Verlobung wussten, ob ihnen in der letzten Zeit etwas Ungewöhnliches aufgefallen sei, ob sie etwas über die Charaktereigenschaften der Verstorbenen aussagen konnten, und zum Schluss wollte er wissen, wer nach ihrer Meinung die Tat begangen haben könne. Einigen war der Verwalter Marxen verdächtig, weil sein Heiratsantrag von Helene Schmidt abgewiesen worden war. Doch den hatten sie nicht befragen können, da er am Montagmorgen abgereist war.

Der vorletzte Zeuge war Schiffer Albert Madsen. Der alte Mann setzte sich und zog die Schultern hoch.

»Sie haben die Leiche auf der Koppel gefunden?«, begann der Oberstaatsanwalt.

Madsen nickte, räusperte sich und sagte: »Ich bin gestern morgen um sieben Uhr mit meiner Milch nach der Meierei mit einem Kinderwagen gefahren. Hierbei bin ich bei der Koppel von Heinrich Hansen vorbeigekommen. Ich sah hier eine Blutlache und Haare und Stücke von Holz liegen. Ich ließ meinen Wagen stehen und ging durch das offene Hecktor.«

»Befindet sich dort eine Tür«, unterbrach ihn der Oberstaatsanwalt.

Der alte Mann schaute ihn erstaunt an. »Nein«, sagte er, »das ist nur eine Lücke in der Hecke, damit man aufs Feld kann.«

»Aha«, brummte der Oberstaatsanwalt und bedeutete ihm, weiter zu erzählen.

»Ich ging auf die Koppel hinauf. Gleich linker Hand neben dem Spreuhaufen sah ich hinter der Dornenhecke eine Frauensperson ...«

»Was genau sahen Sie, traten Sie näher?«

»Nein, ich erschrak, aber nach meiner Meinung war das ein Mädchen, die Füße nach dem Hecktor hin, den Kopf nach der Seitenhecke. Ich bekam es mit der Angst zu tun. Deshalb habe ich mir die Leiche weiter gar nicht angesehen, nahm meinen Wagen und fuhr damit zum Gemeindevorsteher, wo ich sofort von meinen Wahrnehmungen Meldung erstattete.«

»Und auf dem Rückweg?«

»Ich habe mich an der Mordstelle nicht aufgehalten, obwohl da etwa zwanzig Leute inzwischen herumstanden, sondern ging darauf den als Privatweg bezeichneten Weg nach dem Schmidtschen Gehöft, um Frau Schmidt Mitteilung zu machen.

Dort sah ich ein Fenster nach außen offen stehen, die Fensterscheibe darin war vollkommen zertrümmert.

Draußen vor dem Fenster und auch drinnen in der Stube lagen viele Glasscherben. Außerdem sah ich, dass die Schatulle offen stand und dass vor ihr auf dem Fußboden Papiere und Bücher zerstreut umherlagen.«

»Sie nahmen an, dass etwas passiert war?«

»Ja, ich eilte zum Gärtner Ohl und dem Fleischbeschauer Jensen und machte ihnen Mitteilung. Jensen kam mit mir und zwar voran.«

»Sie gingen ins Haus hinein?«

»Ja, durch die Küchentür, die eingeklinkt, jedoch nicht abgeschlossen war, von dort gingen wir durch die Küche in das Esszimmer. Die Tür vom Esszimmer nach der Schlafstube stand etwa anderthalb Fußbreit offen.« Der alte Mann ächzte.

»Und weiter?«

»Wir gingen in das Schlafzimmer.«

»Was sahen Sie dort? Beschreiben Sie genau, was Sie sahen«, forderte der Oberstaatsanwalt.

Madsen holte tief Luft. »Die drei Leichen sah ich in den Betten liegen. Das Mädchen lag im Hemd und mit einem Unterrock und einem Leibchen bekleidet, vom Kopf bis zur Brust unbedeckt im Bett. Die beiden Knaben waren vollkommen, soweit ich mich erinnere, mit dem Oberbett bedeckt.«

»Haben Sie die Toten angefasst?«

»Nein, ich sah nur den Knaben im ersten Bett, hielt diesen für den jüngeren und glaubte, der ältere wäre in Süderbrarup in der Schule. Aber dann deckte Jensen beide Knaben auf.« Der alte Mann schnaufte, dann schlug er die Hände vors Gesicht. Seine Schultern bebten. Schluchzend kamen die Worte: »Ich – ich kannte die Familie doch gut, so feine Jungs …« Er zog ein Taschentuch heraus und schnäuzte sich und wischte über die Augen. »Entschuldigen Sie, aber …« Er schüttelte den Kopf, unterschrieb seine Aussage und wankte immer noch schluchzend hinaus.

Der Oberstaatsanwalt schloss einen Moment seine Augen.

Es klopfte an die Tür. Sein Fahrer Otto ließ den letzten Zeugen ein, den vierzigjährigen Karl Matthiesen. Das war der Mann, der sich zwei Tage zuvor mit Helene Schmidt verlobt hatte. Der Oberstaatsanwalt betrachtete ihn aufmerksam. Das runde Gesicht unter den blonden Haaren sah aus, als habe der Mann seit der schrecklichen Nachricht weder geschlafen noch ans Rasieren gedacht. Er ließ sich auf den Stuhl fallen und streckte die Beine weit von sich. Hohläugig schaute er sich in der Stube um. Einem Feuerwerksleutnant musste der Tod vertraut sein. Nur: Krieg war Krieg, und das hier war etwas ganz anderes.

»Erzählen Sie, wie es zu der Verlobung kam«, forderte der Oberstaatsanwalt ihn auf.

Karl Matthiesen zuckte zusammen, doch dann beantwortete er die Fragen klar und deutlich. Zum Schluss las ihm der Oberstaatsanwalt seine Aussage vor.

Ich war bis 31.3.21 aktiver Soldat. Seitdem wohne ich in Steinfeld und bin häufig nach Ulsnis gekommen, wo ich Gastwirt Ohl, Rentier Petersen und Herrn Detlefsen besuchte. Ich kannte Frau Schmidt schon von Kindheit an, da ich in Gunneby geboren bin und meine Schwestern auf dem Klinkerschen Hof als Stützen beschäftigt waren. Nach meiner Rückkehr habe ich Frau Schmidt auf Vergnügungen, Vereinsbällen u.s.w. getroffen. Im Gerede der Bevölkerung wurden wir schon länger als gut zueinander passend zusammengebracht, obwohl ich nach dieser Richtung noch keinerlei Schritte getan hatte. Da auch Rentier Petersen die Sache vermitteln wollte, trat ich dem Gedanken allmählich auch näher.

Nach dem Tode des Vaters der Frau Schmidt hatte ich keine Gelegenheit, Frau Schmidt zu sehen. Ich entschloss mich daher, ohne Vermittlung auf schriftlichem Wege eine Annäherung mit Frau Schmidt anzubahnen und schrieb daher vor vierzehn Tagen an sie und bat um eine Unterredung, wofür sie Zeit und Ort bestimmen möchte. Sie antwortete mir, dass sie am Mittwoch, den 29.3. in Schleswig in Café Rausch *sei und ich sie dort zu der gewünschten Unterredung treffen könne.*

Wir trafen uns im Café, hielten uns aber nicht lange dort auf, weil eine Nichte von mir dort angestellt war, und gingen spazieren. Ich erklärte ihr, sie brauchte sich an diesem Tage noch nicht binden, sie möge sich die Sache erst überlegen und mir angeben, wann sie mir eine endgültige Antwort erteilen wolle. Sie bestimmte Sonnabendabend nach 9 Uhr, weil ihr Mädchen dann zur Feier im Hotel sei und wir ungestört das Weitere besprechen könnten.

Demgemäß bin ich hier um 9.15 Uhr abends erschienen. Frau Schmidt saß lesend am Tisch. Bei meinem Eintreffen rief einer der Knaben, die schon zu Bett waren, nach der Mutter und fragte, ob Besuch da sei.

Wir haben die Verhältnisse nochmals durchgesprochen und Frau Schmidt gab mir ihr Jawort. Die Veröffentlichung der Verlobung sollte erst Ostern erfolgen, weil in den nächsten beiden Wochen der Umzug von der Gärtnerei nach dem Hof und umgekehrt stattfinden sollte.

Wir tranken während der Unterredung ein Glas Wein und aßen ein Stück Kuchen dazu. Sie erzählte mir hierbei auch, dass ihre Halbschwester sehr nervös sei und sich leicht übervorteilt glaube. Dieses wäre jedoch nicht der Fall, im Gegenteil, sie zeige ihr mehr Entgegenkommen, wie sie wohl nötig habe.

Sie äußerte noch, in letzter Zeit höre sie abends manchmal etwas. Es seien Personen, die sie offenbar beobachteten. Auf meine Frage, warum sie sich dann keinen Hund anschaffe, erklärte sie, dann würde die Störung noch größer, da der Weg hinter ihrem Gehöft häufig benutzt würde.

Da sie zur Nachtzeit noch nach dem Dorfe zugegangen ist, möchte ich annehmen, dass sie von einer ihr bekannten Person unter irgendeinem Vorwande – vielleicht die Angabe, dass ihre Schwiegermutter oder ihre Schwester erkrankt sei – aus dem Hause gelockt worden ist.

Ich bin am Sonnabendabend um 1 Uhr von ihr fortgegangen. Wir hatten ein weiteres Zusammentreffen hier in ihrer Wohnung auf Freitag, den 7.4. verabredet.

Eine Äußerung, dass sie sich bedroht fühlte, hat sie mir gegenüber nicht getan.

Karl Matthiesen nickte zur Bestätigung, dass seine Aussage richtig notiert sei, und setzte seine Unterschrift darunter. Dann verließ er mit schweren Schritten das Zimmer. Der Oberstaatsanwalt sah ihm nach. Einen schlimmeren Streich konnte das Schicksal einem Mann nicht spielen.

Er schüttelte den Kopf. In seinem Beruf durfte er kein Mitleid haben. Drei eiserne Ringe, so wie der treue Heinrich im Märchen vom Froschkönig, hatte er sich um sein Herz gelegt. Das behauptete jedenfalls seine Frau Gertrud und meinte, dass nur das ihm helfen würde, denn sonst könne das ja wohl kein Mensch aushalten.

Hier im Wohnzimmer hatten am Montagmorgen zwei benutzte Weingläser auf dem Tisch gestanden.

Vielleicht war auch am Sonntag Besuch bei Helene Schmidt gewesen. Ein anderer Mann, ein abgewiesener Liebhaber. Natürlich konnten die Gläser seit Sonnabend dort gestanden haben. Möglich war, dass Matthiesen auch am Sonntag da war, dass es nicht zu der Verlobung gekommen war, sondern zum Streit. Allerdings hatte man ihn am Sonntag im Gasthof von Steinfeld bis um zwei Uhr in der Nacht gesehen. Das war gut für ihn.

Der Oberstaatsanwalt holte tief Luft, tauchte die Feder in die Tinte und notierte auf der Seite, dass er die Bewohner der dem Fundort auf der Koppel nächstgelegenen Gehöfte befragt habe. Weder bei Architekt Petersen noch bei Thomsen habe man in der Nacht Hilferufe gehört und auch sonst keine Wahrnehmungen gemacht.

Als sein Fahrer, Fritz Otto, hereinkam und fragte, ob sie jetzt zurückfahren könnten, sagte er, dass er nur noch kurz einen Besuch auf dem Klinkerschen Hof machen wolle.

Otto seufzte, nickte aber ergeben.

*

Es wurde bereits dunkel, als Otto den Benz vor dem Haupthaus des Klinkerschen Hofes zum Stehen brachte. Aus allen neun Fenstern im Erdgeschoss fiel Licht.

Das sah nicht wie ein Trauerhaus aus, vielmehr nach einem Fest, dachte der Oberstaatsanwalt, als er über das unebene Pflaster des Hofes auf die Eingangstür zustrebte. Er zog an der Klingel und wartete. In den Ställen muhten Kühe und Eimer klapperten. Vermutlich war man beim Melken. Er wollte gerade dort nachschauen, da wurde die Haustür geöffnet.

»Nordenskjöld, Oberstaatsanwalt aus Flensburg«, stellte er sich vor. »Ich würde gerne mit Frau Rasch sprechen.«

Käthe Nanning bat ihn einzutreten und nahm ihm Hut und Überzieher ab.

Von der hohen Decke in der Diele hing die Erntekrone vom vergangenen Jahr herunter. Die bunten Bänder zwischen den getrockneten Ähren waren verblichen. Ein schöner Brauch war das auf dem Lande, dachte der Oberstaatsanwalt. Die letzte Fuhre kam geschmückt und mit allen Helfern auf den Hof, und dann wurde das glückliche Einbringen der Ernte gefeiert. Als junger Mann war er selbst einmal dabei gewesen. Er lächelte in sich hinein und folgte dem Mädchen mit dem prächtigen roten Haar in ein Wohnzimmer und nahm auf einem Sofa Platz.

»Wir haben wegen der Beerdigung am Freitag viel zu tun«, erklärte sie. »Ich sage der Herrin Bescheid.«

Der Oberstaatsanwalt nickte, so ein Mord machte nicht nur der Polizei Arbeit. Er sah sich im Zimmer um. Es war mit einem Schreibtisch, einem Klavier, vielen Büchern und Spiegelschränken ausgestattet und wirkte behaglich wie ein Raum, der oft und gern benutzt wurde. Eine angefangene Stickerei und Garn lag auf einem Nähschrank. An den Wänden hingen gerahmte Fotografien. Er stand auf, um sie sich genauer anzuschauen.

»Der Oberstaatsanwalt aus Flensburg wünscht mich zu sprechen?«

Ihre Stimme drang scharf in sein Ohr. Er hatte das Eintreten der in Schwarz gekleideten Frau nicht bemerkt und drehte sich nun wie ertappt um. Blassblaue Augen in einem teigig weißen Gesicht sahen ihn streng an. Er verbeugte sich leicht. »Von Nordenskjöld, ich habe nur einige Fragen zu dieser späten Stunde.«

Die Andeutung eines Lächelns zuckte auf, gelangte aber nicht in ihre Augen. Er drehte sich wieder zu den Fotos um.

»Ist das Ihre Schwester?« Er zeigte auf die junge Frau mit den Augen einer Wildkatze, die der Fotograf inmitten ihrer Familie drapiert und abgelichtet hatte.

Katharina Rasch nickte. »Ja, das ist sie, und daneben ihr Mann, der ist kurz vor Kriegsende gefallen. Die Söhne Max und Arthur müssen auf dieser Aufnahme zehn und sieben Jahre alt gewesen sein. Helenes Schwiegermutter, Lehrerwitwe Schmidt, ist die Einzige, die von den fünf Menschen auf dem Foto noch lebt.«

»Da ist wenig Ähnlichkeit zwischen Ihnen und Ihrer Schwester«, bemerkte der Oberstaatsanwalt. An Katharina Rasch war nichts Weiches, Verbindliches.

»Nun, wir sind … – wir waren Stiefschwestern, keine Zwillinge. Wir waren grundverschieden und haben uns nicht besonders gut verstanden. Allerdings wurde unser Verhältnis nach dem Tod des Vaters besser.« Wieder dieses Lächeln.

»Dürfte ich wohl hier Platz nehmen?« Er deutete auf den Schreibtisch.

Sie schob einen Stapel Umschläge mit schwarzen Rändern zur Seite, ein Teil fiel hinunter, sie bückte sich hastig, sammelte sie auf und legte sie zu den anderen zurück. Sie strich sich eine Haarsträhne aus dem leicht geröteten Gesicht, zog ein Tuch aus dem Ärmel, betupfte sich die Stirn.

»Man weiß gar nicht, wo man anfangen soll. Es wird viel Besuch kommen, darauf sind wir nicht eingerichtet.« Sie ließ sich auf einem Stuhl nieder, der in der

Nähe des Schreibtischs stand. Sehr aufrecht saß sie da. »Ein Besuch aus Hamburg ist schon eingetroffen. Margarethe Ryborg, die Freundin meiner Schwester. Sie ist als Zeugin bestellt – es war nicht einmal Zeit für eine Benachrichtigung an uns gewesen. Wie ein Gespenst ist sie mit ihrem Köfferchen in der Küche aufgetaucht und hat mich ordentlich erschreckt.« Sie sah ihn an, als sei das alles alleine seine Schuld.

Margarethe Ryborg hatte er heute auch befragt. Sie wohnte jetzt in Hamburg, war aber zu Lebzeiten von Katharinas Mutter auf dem Klinkerschen Hof als Stütze angestellt gewesen. Von daher stammte die Freundschaft zu Helene Schmidt, die sie in vielen Briefen aufrechterhalten hatten. Darum war sie als Zeugin bestellt. Zu seinem Bedauern hatte sie nicht zu neuen Erkenntnissen über die Liebschaften der ermordeten Witwe beitragen können.

Er nahm einen neuen Doppelbogen aus seiner Mappe und schrieb eine römische Zehn in die rechte Ecke des Blattes.

»Sie sind heute die zehnte Zeugin«, sagte er und sah sie ruhig an. Er bemerkte ihre Hände, die sie so fest im Schoß hielt, dass die Knöchel weiß hervortraten. Wie eine gespannte Feder kam sie ihm vor, jederzeit bereit aufzuspringen.

»Ich will Sie wirklich nicht lange von der Arbeit abhalten«, begann er, um sie zu beruhigen. »Doch heute Nachmittag traf ich Sie nicht an.«

»Wir sind hier kaum zur Ruhe gekommen«, sagte sie. »Am frühen Morgen wollten wir nach Schleswig fahren, wurden aber aufgehalten – darum kamen wir erst um zwölf Uhr weg. Man hatte mir gesagt, ich solle Leichenkleider besorgen.« Sie biss sich auf die Lippen.

»Was haben Sie in Schleswig gemacht?«

»Wir haben in der Gastwirtschaft *Callsen* ausgespannt. Während ich meine Besorgungen machte, besuchte mein Verwalter seine Schwester, die in Schleswig ansässig ist. Ich habe auch nach Trauerkleidung für mich geschaut, konnte aber nichts Passendes finden. Vor Einbruch der Dunkelheit waren wir wieder in Ulsnis und sind gleich zur Behausung meiner Schwester gefahren.«

»Ja, und dann?« Der Oberstaatsanwalt blickte auf, als er den letzten Satz notiert hatte.

»Ich habe die Leichenkleider dort abgegeben«, sagte sie knapp.

Der Oberstaatsanwalt nickte. Er hatte gesehen, dass ein Wagen zum Vordereingang herumgefahren war. Man hatte ihm erzählt, er habe zunächst hinter dem Haus gehalten. Aber da die Ärzte gerade dabei gewesen waren, die Leichen zu sezieren, habe die Frau angefangen zu schluchzen und sei nicht vom Wagen heruntergestiegen. Erst nach einer geraumen Weile sei dem Kutscher dann wohl eingefallen, ums Haus herumzufahren. »Sie waren seit dem Mord nicht im Hause Ihrer Schwester?« Er sah sie scharf an.

Sie schüttelte den Kopf. »Die Verwandten sagten, ich solle nicht hingehen, es sähe zu schrecklich aus.«

»Das stimmt«, sagte er, konnte sich aber an keinen Fall erinnern, bei dem die Angehörigen die Opfer nicht hatten sehen wollen. Die meisten konnten erst danach den Tod akzeptieren. Er rieb sich über die müden Augen und den Gedanken fort. »Können Sie mir etwas über Heiratsanträge sagen, die Ihrer Schwester gemacht wurden?«

»Ja, davon hat meine Schwester mir berichtet.« Sie

schien sichtlich erleichtert über den Themenwechsel. »Ich weiß von einem Antrag des Rentiers Petersen, den meine Schwester gar nicht ernst genommen hat. Von dem Antrag des Verwalters Marxen hat Helene meinem Vater noch Mitteilung gemacht und ihn um Rat gebeten.« Mit einem kleinen Lächeln setzte sie hinzu: »Mein Vater hat dazu gescherzt und gemeint, Marxen habe wohl angenommen, wenn es glücke, wäre es für ihn doch ganz nett.«

Sie wartete, bis er zu Ende geschrieben hatte, beugte sich vor und erklärte: »Ich hätte ihn auch nicht genommen. Marxen ist ein wortkarger, mürrischer Mensch und mir wenig sympathisch.«

»Von diesem Antrag und der Ablehnung scheint das ganze Dorf zu wissen«, murmelte der Oberstaatsanwalt.

Einige der Zeugen, die er heute befragt hatte, trauten Marxen ohne weiteres den Mord zu. Man habe ihm nicht so recht ins Auge sehen können, hieß es. Das genügte schon. Für die Polizei war hauptsächlich verdächtig, dass Marxen noch nicht wieder von seiner Reise zurückgekehrt war.

»Wussten Sie von der Verlobung Ihrer Schwester?«, fragte er weiter.

»Ja, ich dachte mir, dass es so kommen würde. Meine Schwester hat mir Matthiesens Brief gezeigt und mich gefragt, ob sie ihn in ihr Haus bitten solle. Um Gerede zu vermeiden, riet ich ihr davon ab, und empfahl ihr ein Zusammentreffen in Schleswig.«

Er notierte das und sah dann wieder auf. »Wann haben Sie Ihre Schwester zuletzt gesehen?«

»Das war am Freitag – da haben wir einvernehmlich das Leinenzeug geteilt und Helene erzählte mir, dass sie sich in Schleswig mit Matthiesen getroffen habe.

Für den Sonnabend hatte sie ihn zu sich nach Hause eingeladen, weil ihr Mädchen, die Frieda Wiese, dann zum Ball im Strandhotel sein würde.«

»Wissen Sie, wo sich Ihr geschiedener Ehemann, der Kaufmann Friedrich Rasch, aufhält?«, wollte der Oberstaatsanwalt wissen.

»Wo er ist, weiß ich nicht«, sagte sie kalt und knapp. »Vor einiger Zeit soll er in Kiel gesehen worden sein.«

Er sah sie fragend an.

»Er hat meine Aussteuer versilbert und sein Vermögen vergeudet«, erklärte sie. »Auf jeden Fall soll er noch weiter heruntergekommen sein.«

»Erzählen Sie mir etwas über Ihre Ehe.«

»Ich lernte meinen Mann in Schleswig kennen – ich war dort drei Jahre zur Ausbildung an einem Lehrerinnenseminar. 1913 heirateten wir«, begann sie und rote Flecken erschienen an ihrem Hals. »Mein Mann nahm von Anfang an am Krieg teil, und ich wohnte zunächst bei meinen Schwiegereltern. 1917 kaufte mein Mann ein Besitztum in Postfeld bei Preetz, wohin ich auch verzog, um dort zu wirtschaften. Nach der Revolution kam mein Mann zurück und übernahm die Führung der Wirtschaft. Doch er hielt sich viel in den benachbarten Großstädten auf, kümmerte sich wenig um die Wirtschaft und geriet in Geldverlegenheit. Im Sommer 1919 verkaufte er das Besitztum. Da er infolge seines leichtsinnigen Lebenswandels wie Schuldenmachen, Weiberverkehr und Spielens das Ansehen in der Nachbarschaft verloren hatte, zogen wir von Postfeld fort. Ich reichte die Ehescheidungsklage gegen meinen Mann wegen Untreue ein. Am 25.9.1920 wurden wir gerichtlich geschieden, mein Mann wurde als schuldiger Teil bezeichnet.«

›Ob der Krieg an dieser Ehehölle mit schuld war?‹, überlegte der Oberstaatsanwalt und sah die Frau nachdenklich an.

»Ich muss noch bemerken«, sagte sie eifrig, »dass bereits im Jahre 1916 mein Mann eine Ehescheidungsklage gegen mich angestrengt hat, weil ich angeblich zu viel verwirtschaftete und auch seine Eltern schlecht behandelt haben sollte.«

Das wird ja immer besser, dachte der Oberstaatsanwalt.

»Meiner Meinung nach war ich schuldlos und die mir zur Last gelegten Beschuldigungen entsprangen lediglich dem Hausklatsch der Angehörigen meines Mannes. Nunmehr strengte ich eine Ehescheidungsklage gegen meinen Mann an, weil er Umgang mit Dirnen pflegte.«

»Das war, bevor Ihr Mann das Besitztum in Postfeld erwarb«, sagte der Oberstaatsanwalt langsam, nachdem er das vorher Geschriebene überflogen hatte.

»Richtig, infolge gegenseitiger Einigung wurden die Klagen beiderseits zurückgenommen.«

»Vier Jahre später kam es dann doch zur Scheidung«, bemerkte er.

Sie hob die Schultern.

Er nickte. »Kommen wir zur Jetztzeit zurück und zu dem Mord an Ihrer Schwester, den Knaben und dem Dienstmädchen. Wer war nach Ihrer Meinung der Täter?«

Katharina Rasch sah ihn an, als sei sie weit fort gewesen. Dann runzelte sie die Stirn und dachte eine Weile nach. Endlich sagte sie: »Ich denke mir, dass jemand, der sich Hoffnungen auf meine Schwester, oder dem sie vielleicht Versprechungen gemacht hatte, aus Rache oder Wut über die bevorstehende Verlobung mit

Matthiesen, über die im Orte bereits geredet wurde, die Tat begangen hat.«

Der Oberstaatsanwalt sah sie nachdenklich an und besann sich, dass er sie nicht lange hatte aufhalten wollen. Er lächelte. »Ich glaube, das war für heute alles«, sagte er und las ihr die Aussage vor. Dann ließ er sie unterschreiben und verabschiedete sich.

Als er über den Hof auf das wartende Auto zuging, fiel ihm ein, dass er bei allen Zeugen, die er vernommen hatte, mehr Bedauern und Bestürzung über den Tod der vier Menschen gespürt hatte, als bei dieser Frau. Kein Mensch reagierte wie der andere, das war eine bekannte Tatsache. Bei ihr konnte dieses Verbrechen zu einer Art Lähmung geführt haben.

Margarethe Ryborg hatte nach dem Tod des Vaters an Helene Schmidt geschrieben: »*Katharina ist jetzt ganz allein im Leben und hat wenig Freunde, du, liebe Helene, hast deine beiden prächtigen Jungens und bist überall beliebt*.«

Nein, die Frau Rasch machte nicht den Eindruck, beliebt zu sein.

*

Der Fahrer hatte schon die Karbidbeleuchtung angezündet.

»Es hat doch etwas länger gedauert«, entschuldigte sich der Oberstaatsanwalt, als er in den Wagen stieg.

»Macht gar nichts, ich hab mich in der Küche an einer heißen Hühnersuppe aufgewärmt.« Otto zeigte ihm ein sattes Grinsen, bevor er, um den Motor zu starten, ausstieg und die Kurbel drehte.

Hühnersuppe, dachte der Oberstaatsanwalt. Jetzt spürte er seinen leeren Magen. Mit viel Glück hielt

Gertrud auch etwas Warmes für ihn bereit. »Nun sind Sie ja gestärkt«, sagte er, als sie losfuhren, »dann zeigen Sie mal, was der Kasten leisten kann.«

Gerade als sie vom Hof rollten, öffnete sich das Tor zum Stall und in dem Lampenlicht erschienen zwei Mädchen, eine rundliche und eine größere dünne Gestalt, in den Händen schwere Milchkannen. Sie blieben beim Anblick des Fahrzeugs wie angewurzelt stehen und sahen ihm nach.

Marie Beusen und Magdalene Kruse, die beiden sechzehnjährigen Dienstmädchen, werden das sein, überlegte der Oberstaatsanwalt, zufrieden mit sich, dass er die Namen der Menschen, die auf dem Hof arbeiteten, noch im Kopf hatte.

Als sie kurz darauf am Gasthaus Schmidt in Ulsnis-Kirchenholz vorbeibrausten, dachte er, es war gut, den Kriminalkommissar von Kulick dort zu wissen, der sich für die Dauer der Untersuchungen und auf Kosten der Gemeinde da einquartiert hatte. Der war zwar klein von Statur, aber er machte einen energischen Eindruck. Der Name seines bärbeißigen Kriminalassistenten, der mit ihm dort weilte, wollte ihm allerdings nicht einfallen. Seufzend schloss er die Augen.

*

Carl August Drews erinnerte sich nach der Leichenöffnung nicht an die Fahrt zurück zum Amtsgericht, vielleicht war er vor Erschöpfung eingeschlafen. Zweiundzwanzig Seiten lang war der Bericht, den die Ärzte diktiert hatten.

»Schlafen Sie sich gründlich aus«, sagte der Amtsgerichtsrat beim Abschied.

Carl August ging langsam und wie benommen durch

die von einzelnen Laternen beleuchteten Straßen der Stadt, und wunderte sich, dass ihm Menschen begegneten, die einander grüßten und ihren Geschäften nachgingen, so als sei es ein Tag wie jeder andere.

Auf der Pontonbrücke blieb Carl August stehen. Die frische Luft von der Ostsee tat gut, er wünschte, dass der Wind alle Erinnerungen mit sich nehmen würde. Die Schlei floss rasch und bildete Strudel und Wellen, gurgelte und gluckste an den Hindernissen vorbei, die die Pontons bildeten. Einige Lichter von der Stadtseite spiegelten sich, schwankten, wurden verschluckt und tauchten wieder auf. Der Heringszaun war gerade noch zu erahnen. Dahinter erkannte er die Umrisse von Masten und Schiffen, die im Nordhafen nebeneinander vertäut lagen. Als ein Fuhrwerk über die Planken rumpelte, drehte Carl August sich um.

»Na los, gleich sind wir da!«, munterte der Kutscher die ängstlich schnaubenden Pferde auf und ließ die Peitsche knallen.

Carl August sah dem Gefährt nach, von dem bald nur noch das winzige Licht der Laterne zu sehen war.

Seit dem Ende des Krieges hatten die Verbrechen und Mordtaten ein nie gekanntes Ausmaß angenommen. Natürlich hing das mit dem Krieg zusammen, auch mit der Verknappung und Verteuerung der Lebensmittel. Die Bevölkerung war unruhig, ein Teil entwurzelt. Was einmal gegolten hatte, galt nicht mehr.

Dieses war sein erster Fall. Was, wenn es nun so weiterginge? Wenn seine Eltern das noch erlebt hätten! Sein Vater hatte gewünscht, dass aus ihm ein Schuhmacher werde, so wie er selbst einer gewesen war. Auf seine schönen handgenähten Schuhe und Stiefel war er stolz. Doch seine Hände waren voller Schwielen gewesen, sein Rücken krumm, und immer hatte der Geruch von Leder und Klebstoff in seinen Kleidern gehangen.

»Lass den Jungen Schreiber werden«, hatte der Pate geraten.

So war Carl August ans Gericht gekommen und hatte das bis jetzt auch nicht bereut.

Als Junge hatte er davon geträumt, mit einem Holzfrachter nach Schweden oder Finnland zu segeln oder sogar bis nach Australien oder Amerika. Er war oft im Hafen gewesen, hatte zugeschaut, wie die Schiffe ankamen und die Waren ausgeladen wurden. Die Schiffer machten ihm jedoch schnell klar, dass das eine harte Arbeit war und nur ganze Kerle mit Muskeln zur See fahren konnten, nicht so eine halbe Portion mit Hinkefuß.

Carl August ging langsam weiter. Diesen Tag hatte er überstanden. Schlimmer konnte es nicht werden. Noch gestern hatte er sich übergeben müssen, heute hatte er sich gut gehalten, die Gerüche, die bespritzten Wände, alles hatte ihm nichts … Carl August eilte ans Brückengeländer und entleerte seinen Mageninhalt unter Krämpfen in die Schlei.

Danach mühte er sich auf zitternden Beinen nach Hause und wünschte nur noch, still in seinem Bett zu liegen.

*

»Marie, schläfst du?«, wisperte Magdalene in die Dunkelheit.

»Wie sollte ich, wenn du nicht still bist …« Marie seufzte und legte sich auf den Rücken

Magdalene ignorierte den Vorwurf. »Ich muss daran denken, wenn es Nacht wird – du nicht?«

»Wir sind nicht allein im Haus, hier kann uns nichts passieren.«

»Ich habe trotzdem Angst.«

»Im Mai sind wir nicht mehr hier. Ein Glück, dass wir beide neue Stellen haben.«

»Du wirst mir fehlen, wenn ich in Kius bin.« Magdalene begann zu weinen.

»Schsch«, machte Marie, »nicht so laut. – Hestoft ist nicht weit weg.«

»Mein Bruder«, schluchzte Magdalene, »der ist gerade so alt, wie der Arthur war.«

»Komm her.« Marie rutschte zur Seite.

Auf bloßen Füßen tappte Magdalene über die kalten Dielen, schlüpfte unter die Decke und drückte sich immer noch weinend an die Freundin.

»Du zitterst ja.« Marie strich ihr über Haar und Rücken und wiegte sie, bis das Beben nachließ.

»Ich habe immer bei meiner Schwester geschlafen, und wenn ich Angst hatte, hat sie mir Geschichten erzählt.« Magdalene wischte sich die Augen mit einem Zipfel der Bettdecke. »Nur wenn meine Schwester die Monatsblutung hatte, bin ich zu meinem kleinen Bruder gewechselt«, fügte sie hinzu und musste nun doch ein wenig lachen.

»Schlaf jetzt, die Nacht ist kurz«, raunte Marie ihr ins Ohr.

»Ob die Polizei uns auch verhören wird?«, fragte Magdalene mit ängstlicher Stimme.

»Möglich«, murmelte Marie.

»Und was sagen wir?«

»Alles, natürlich.«

»Aber wir wissen doch nichts.«

Marie seufzte.

»Wenn es doch einer aus dem Dorf war?«

»Du gibst heute gar keine Ruhe.« Marie gähnte. »Wer soll das denn aus unserem Dorf sein? Die Polizei wird ihn schon finden – und dann: Kopf ab!«

»Glaubst du, es war Eifersucht? Kann einer so eifersüchtig sein, dass er ...?«

»Bestimmt!«, sagte Marie. »Warst du noch nie verliebt?«

»Doch, schon ...« Magdalene kicherte.

»In wen? Kenn ich ihn? Soll ich raten?«

»Du kennst ihn nicht.«

»Ach, ich dachte, es ist der Greve.«

»Johannes? Der doch nicht!«

»Er zieht an deinen Schürzenbändern, er bringt dich zum Lachen, und wenn du nicht hinguckst, sieht er dir nach – vielleicht ist er verliebt.« Maries Stimme klang etwas munterer.

»Er hat vier ältere Schwestern, zwei Brüder sind gestorben, er ist der einzige Sohn. Er spricht nett von seiner Mutter. Sein Vater scheint ziemlich streng zu sein«, murmelte Magdalene.

»Ob Frau Rasch wieder heiraten will? Die Nanning ist bestimmt in den Nikolaus Schmidt verliebt. Sie putzt sogar aus Gefälligkeit seine Stiefel.« Marie lachte leise, aber Magdalene antwortete nicht mehr, sie war schon eingeschlafen.

Mittwoch, der 5. April 1922

Helene Schmidt

Am Morgen saßen die Angestellten des Klinkerschen Hofes, Wienke, Greve, Osewald und die Mädchen, beim Kaffee in der Gesindestube. Alle schwiegen bedrückt, denn Wienke hatte erzählt, wie er und Greve gestern die vier Särge beim Tischlermeister in Kius abgeholt hatten.

Plötzlich unterbrach Marie die Stille. »Johannes, was ist mit deinem Auge? Am Montag wollte ich dich schon fragen.«

Sie sahen von ihren Kaffeetassen auf und Johannes Greve an. Der befingerte sein linkes Auge. »Der Hans hat mich mit der Halfterkette gestoßen, als ich ihn zum Tränken brachte«, sagte er. »Tut nicht weiter weh – wird nur immer bunter.«

Der Hans war ein junges Pferd, das die Angewohnheit hatte, mit dem Kopf zu stoßen. Den ganzen Sonntag hatte er gestanden, da musste man sich in acht nehmen.

»Kalte Umschläge«, riet Marie ihm, »das hilft gegen Schwellungen, oder Essigsaure Tonerde.«

Sie hörten den Wagen. Nikolaus Schmidt kam zurück. Er hatte Frau Rasch und Margarethe Ryborg zum Bahnhof nach Steinfeld gebracht. Von dort aus wollten sie mit dem Zug weiter nach Kiel fahren, um Trauerkleidung zu kaufen. Erst am Abend würden sie zurückkehren.

Greve stand auf und ging, um das Pferd in den Stall und den Wagen in den Geräteschuppen zu bringen.

Der Verwalter Schmidt erschien kurz darauf in der Gesindestube, goss sich eine Tasse Kaffee ein und setzte sich zu ihnen.

»Habe den Gärtner Ohl getroffen«, sagte er. Theodor Ohl war der Onkel und Nachbar von Helene Schmidt. »Am Sonntagabend war Ohl noch in der Gärtnerei gewesen, um Milch zu holen, erzählte er mir. Aber nur Frieda Wiese war da. Er unterhielt sich mit ihr, bis Frau Schmidt mit den beiden Kindern nach Hause kam. Froh und guter Laune sei sie gewesen und habe ihn noch gebeten zu bleiben. Nach dem Abendbrot hat Max auf dem Klavier gespielt. Nur weil die Lehrer am Montag an einer Konferenz teilnahmen, hatte der Junge am Sonntag zu Hause bleiben können.«

»Sonst wäre Max vielleicht noch am Leben!«, rief Magdalene aus.

Nikolaus Schmidt ballte die Fäuste. »Wenn ich bloß den Kerl in die Finger kriegen könnte, der das gemacht hat!«

Alle wussten, dass Helene Schmidts ältester Sohn, der die Schule in Süderbrarup besucht hatte, bei einem Lehrer in Pension gewesen war. Der Sohn des Gemeindevorstehers war mit ihm in die gleiche Schule gegangen. Sie kamen nur am Wochenende nach Hause. Im Sommer fuhren die Jungs mit dem Rad. Im Winter wurde sich mit dem Hin- und Herbringen abgewechselt.

Wie oft hatten die Jungs fröhlich mit ihm auf dem Kutschbock gesessen … Nikolaus Schmidt schlürfte nachdenklich den heißen Kaffee. In der letzten Zeit mussten die Knaben mit dem Rad gefahren sein, denn der Wagen war schon länger nicht mehr bestellt worden. Ob der Mörder gewusst hatte, dass Max am Sonntag zu Hause war? Wie ein Schlag in die Magengrube traf ihn der Gedanke, dass dann ja die ganze Familie hatte ausgerottet werden sollen. Das konnte doch nicht sein! Er schüttelte den Kopf, um den Gedanken zu vertreiben. Vielleicht war das alles nur ein Zufall und eins hatte nichts mit dem anderen zu tun.

*

Käthe Nanning kam mit einer Schale Äpfel in die Küche, die sie vom Dachboden geholt hatte. Die alte Frau Klinker schaute vom Kartoffelschälen auf, als Käthe sie auf den Tisch stellte.

»Keine Faulen dabei?«

»Nur ein paar Verschrumpelte«, sagte Käthe.

»Ja, die Zeit der Äpfel ist vorbei, aber für Kuchen wird es noch gehen. Nach dem Mittag fangen wir mit den Rührteigen an. Morgen kommt der Hefeteig dran, denn Hefekuchen muss frisch gegessen werden.«

»Süßer Kuchen gegen die Trauer.« Käthe goss sich Kaffee aus der Kanne ein, die immer auf dem Herd stand, und setzte sich an den Tisch. »Nach der Beerdigung wird das Haus voll sein mit Verwandten und Nachbarn«, überlegte sie laut.

Die alte Frau nickte.

»Wie gut, dass Sie noch hier sind und ich nicht alles alleine machen muss!« Käthe schaute sie mit einem herzlichen Lächeln an.

»Wo denken Sie hin, ich kann Sie doch jetzt nicht im Stich lassen. Das richtige Wirtschaften ist nicht so einfach, aber das lernt sich mit der Zeit. Vierzehn Jahre hab ich hier gekocht, seit ich auf dem Hof bin.«

Käthe nippte von ihrem Kaffee und stellte sich vor, dass die alte Frau das sicherlich auch auf dem Hof ihres Sohnes tun würde.

»Aber für die gnädige Frau gab es in ganz Schleswig nichts Passendes an Trauerkleidung«, murrte die alte Frau Klinker. »Die musste ausgerechnet heute mit der Ryborg nach Kiel und wir können sehen, wie wir fertig werden.«

»Oh, das schaffen wir schon«, rief Käthe munter aus. »Die Fenster nach vorn raus sind geputzt – wenn man zu tun hat, kommt man nicht zum Grübeln, das ist mir jetzt gerade recht so.«

»Ja, der Verstand kann das Schreckliche noch gar nicht fassen. Erst Freitag war ich mit Helene bei ihrer Schwiegermutter ...« Sie schluckte, stemmte sich mit gesenktem Kopf hoch und machte sich stumm am Herd zu schaffen, legte Holz nach, rührte im Topf, schmeckte ab, gab die kleingeschnittenen Kartoffeln hinzu. »Helene war die Freundlichere, von ihr aus hätte ich noch bleiben können«, sagte sie.

Käthe kannte ihr böses Gebrumm über die Herrin auswendig. Dass die Stieftochter Katharina seit dem Tod des Vaters kälter zu ihr geworden sei und gleich gesagt habe, sie und Helene seien die Erben – das kriegte die nicht aus ihrem alten Kopf.

»Was gibt's denn heute?«, lenkte Käthe ab, stand auf und linste in den Topf. »Ach, Kälberzähne!« Graupensuppe hatte sie als Kind nicht essen mögen, aber vielleicht lag das auch an der Zubereitung. Käthe fragte nach dem Rezept, und so plauderten sie über die verschiedenen Möglichkeiten: mit und ohne Trockenpflaumen, mit geräuchertem oder gesalzenem Fleisch. Die alte Frau erinnerte sie daran, im Sommer ordentlich Suppengrün einzusalzen, damit daran kein Mangel herrsche. Dann fiel Käthe ein, dass sie noch nicht den Backofen angeheizt hatte, und sie lief, um das Versäumte schleunigst nachzuholen.

*

Kurz vor Mittag kam Helenes Verlobter Karl Matthiesen mit seinem Freund Friedrich Detlefsen an, der im Krieg Torpedieroberleutnant gewesen war. Matthiesen wollte Katharina Rasch sprechen.

»Sie ist in Kiel, wir erwarten sie erst am Abend zurück«, sagte die alte Frau Klinker.

Unentschlossen blieben die beiden Männer in der Küchentür stehen. Die alte Frau füllte zwei Teller mit dampfender Suppe und stellte sie auf den Tisch. »Gibt es was Neues?«

Die beiden Männer nahmen die Mützen ab und setzten sich. Karl Matthiesen schüttelte den Kopf und nahm den Löffel zur Hand.

»Ich glaube immer noch, dass es nur der Verwalter Marxen gewesen sein kann«, sagte Detlefsen. »Der ging oft genug an ihrem Haus vorbei, obwohl ein Grund für ihn nicht vorlag, sah sie finster an und grüßte nicht mehr, nur weil sie auf seinen Heiratsantrag nicht geantwortet hat. Er muss Helene aus dem Haus gelockt haben.«

»Wie denn? Sie wäre doch nicht mit ihm gegangen«, widersprach Matthiesen.

»Vielleicht hat er gesagt, ihre Schwiegermutter oder ihre Schwester ist plötzlich erkrankt. Auf diese Nachricht wäre sie ihm, so weit wie ich sie kenne, bestimmt gefolgt«, beharrte Detlefsen.

»Marxen ist dann zur Gärtnerei zurückgekehrt.« Matthiesen nickte nun doch bei dem Gedanken. »Weil er sich entdeckt glaubte, tötete er auch die Kinder und das Dienstmädchen.«

»Aus Wut über eure Verlobung, von der er gehört hatte«, ergänzte Detlefsen.

Matthiesen tauchte den Löffel in die dicke Suppe

und schüttelte den Kopf. »So könnte es gewesen sein – aber daran will ich nicht denken.« Er lehnte sich zurück. »Lieber sehe ich Helene vor mir, so wie ich am Sonnabend zu ihr in die Stube kam. Sie saß da und las in einem Buch. Ob noch Besuch da ist, rief einer der Knaben aus dem Schlafzimmer. Helene ging zu ihm hin, und ich hörte sie flüstern und lachen.« Er ließ den Löffel sinken und starrte vor sich auf den Tisch. »Wir haben Wein getrunken und Kuchen gegessen und über unsere Zukunft gesprochen – Ostern wollten wir unsere Verlobung bekannt geben«, murmelte er und sah Detlefsen an. »Ich bin voller Glück und ohne an etwas Böses zu denken durch die Nacht zurückgewandert.« Er schob den Teller weg. »Wäre ich nur am Sonntagabend bei ihr gewesen!«

»Ja, wenn man das nur geahnt hätte!« Detlefsen schüttelte bekümmert den Kopf.

Die alte Frau legte Matthiesen die Hand auf die Schulter. »Weinen tut manchmal gut«, sagte sie. »Da ist nichts Schlimmes bei, das darf man ruhig, auch ein Mann.«

*

Nach der Mittagspause kam Carl August Drews zurück an seinen Arbeitsplatz.

Der Amtsgerichtsrat sah von der Lektüre seiner Zeitung auf. »Sie bringen ganz viel frische Luft mit herein.«

»So ein Weg durch die Stadt mit vollem Bauch tut richtig gut.«

Sein Chef musste zum Mittagessen nur in seine Dienstwohnung hinunter gehen.

Carl August rieb sich die Hände über dem Ofen und hängte dann Hut und Überzieher an die Garderobe.

»Gibt es etwas Neues in der Welt?«, fragte er neugierig.

»Reichspräsident Ebert fordert zu einer Spendensammlung zur Unterstützung notleidender alter Menschen auf – so weit sind wir schon«, sagte Zuschlag.

Die Besatzungskosten waren auf jährlich 220 Millionen Goldmark festgelegt. Das war nichts gegen die 187,5 Milliarden Mark – so eine Summe konnte man sich kaum vorstellen – die Deutschland alleine für dieses Jahr an die Alliierten zu zahlen hatten. Dazu kamen noch sechzig Prozent der Kohleförderung, die Handelsflotte, Lokomotiven, Eisenbahnwaggons, die Hälfte des Milchviehbestandes und das Viertel aller chemischen Produkte. All das musste außerdem abgeliefert werden.

Der Amtsgerichtsrat faltete die Zeitung energisch zusammen. »Die dringend nötige Völkerverständigung wird davon nicht gefördert.«

Carl August hob die Schultern. »Es ist nicht gut, einen Krieg zu verlieren.«

»Kein Krieg ist gut! Sie hatten Glück, Sie waren noch zu jung, als alles begann. Aber Sie haben doch die Begeisterung miterlebt. Lauter ahnungslose Lämmer auf dem Wege zur Schlachtbank sind durch die Straßen marschiert. Was war das für ein Jubel!«

Daran konnte sich auch Carl August gut erinnern, besonders an die Marschmusik und das Winken und Rufen der Menschen, die in Massen auf den Straßen standen und aus den Fenstern hingen. Auch er war den Soldaten durch die Stadt gefolgt.

»Hier die Statistik.« Zuschlag las die Zahlen laut: »Zwei Millionen Tote hat allein das Deutsche Reich zu beklagen, zehn Millionen Tote und über zwanzig

Millionen Verletzte haben die anderen Nationen auf ihrer Verlustliste.«

Mathilde hatte erzählt, dass Zuschlags Sohn einer der ersten Freiwilligen gewesen und in Verdun gefallen war. Doch darüber hatte der Amtsgerichtsrat nie mit ihm gesprochen. Vielleicht war er nicht einverstanden gewesen, dass sein Sohn Soldat geworden war, vielleicht waren sie darüber in Streit geraten, überlegte Carl August und machte sich an die Arbeit.

*

Am späten Nachmittag brachte ein Eilbote einen dicken Umschlag. Zuschlag sortierte den Inhalt und begann mit dem Lesen.

Dann nickte er anerkennend. »Vierzig Seiten mit den ersten Aussagen der Zeugen. Der Oberstaatsanwalt war fleißig.«

Carl August sollte von den handschriftlichen Aussagen Abschriften machen. Die Briefe, die im Hause der Helene Schmidt vorgefunden worden waren, kamen auch in die Akten.

»Die meisten sind von einer Freundin aus Hamburg, einer gewissen Margarethe Ryborg«, erklärte Zuschlag, »zwei Briefe sind von einem Hamburger Verehrer, der die Witwe gerne kennenlernen wollte – aber leider geben sie keinen Hinweis auf eine so große Leidenschaft, wie der Kriminalkommissar sich erhofft hatte.« Zuschlag schmunzelte. »Dann ist da noch dieser Brief von dem Herrn Matthiesen«, fuhr er fort, und als Carl August ihn fragend ansah, setzte er hinzu: »Das ist der Mann, der sich einen Tag vor dem Mord mit der Witwe verlobt haben will.«

»Ein Liebesbrief?«

Zuschlag reichte ihm das Kuvert, von dem die Ecke mit der Briefmarke fehlte. Zwei Passfotos waren darin. Sie zeigten einen blonden Mann mit rundem Gesicht, einmal in Zivil, auf dem anderen Bild war er in Uniform zu sehen. Carl August faltete den Briefbogen auseinander.

Steinfeld, den 22. März 1922

Liebe Frau Schmidt!

Dürfte ich Sie höflichst bitten um eine Unterredung betr. persönlicher Angelegenheiten. Wollen Sie bitte Ort und Zeit des Zusammentreffens bestimmen, ob in Ihrem Hause oder an einem anderen Orte, ich stehe Ihnen zur Verfügung. Um baldige Antwort bittend grüßt Sie

Karl Matthiesen

Carl August sah enttäuscht auf. »Nein, man kann daraus nicht ersehen, dass es sich um eine Liebesangelegenheit handelt.«

Zuschlag schmunzelte. »Aber die Witwe wusste wohl gleich Bescheid.«

Wenn ich einen Liebesbrief schreiben müsste, sähe der aber anders aus, dachte Carl August und spannte Papier in die Schreibmaschine. Er begann mit dem Abschreiben der Aussagen. Wenn der Matthiesen am Sonntag bei seiner Verlobten gewesen wäre, hätten sie dann fünf Leichen? Oder wäre der Mord nicht geschehen?

Donnerstag, der 6. April 1922

Ein Verdacht

Kriminalkommissar von Kulick hatte schlecht geschlafen, er hatte wieder mal vom Krieg geträumt. Missmutig betrachtete er sich nach der Morgenwäsche im Spiegel. Eine Rasur war notwendig. Er stieg in die Beinkleider und streifte die Hosenträger übers Unterhemd. Mit dem Rasierpinsel schlug er feinporigen Schaum.

Mit Sorgfalt verteilte er das cremige Weiß auf Gesicht und Hals. Gut, dass er keinen starken Bartwuchs hatte, sonst müsste er das häufiger machen. Vor dem Krieg hatte er einen kleinen Oberlippenbart getragen, aber wegen der Gasmaske hatte er ihn abnehmen müssen. Im Krieg war er von seinem Adjutanten rasiert worden. Von Kulick stellte sich die Männer an der Front vor, hüben wie drüben bei der Rasur und dann zur Latrine, hungernd und frierend, im Herzen die Bilder ihrer Lieben und vor sich nur den Feind, der doch auch die gleichen Bedürfnisse hatte. Jetzt, mit etwas Abstand, kamen solche Gedanken.

Er setzte das Messer an und schabte im richtigen Winkel an der Haut entlang. War nicht so einfach am faltigen Hals. In Kiel ging er regelmäßig zum Barbier, dann brachte er auf dem Rückweg die Zeitung und die frischen Brötchen mit. Wenn er in die Wohnung kam, duftete es schon nach Kaffee. Das konnte Wilhelmina noch, Kaffee kochen und Rosinenstuten backen, obwohl sie schon etwas zittrig wurde. Sie hatte vor Jahren den Eltern den Haushalt geführt, und als die starben, war sie zu ihm gekommen. Bald aber müsste er sich nach einer neuen Hilfe umsehen.

Er spülte das Rasiermesser und trocknete es gewissenhaft ab, tauchte einen Zipfel des Handtuchs in die Waschschüssel und rieb sich den restlichen Schaum aus dem Gesicht. Aus zwei Schnitten blutete es. Sorgsam betupfte er die Stellen mit dem Alaunstift, träufelte Rasierwasser in eine Hand und verteilte es auf der Haut. Dann zog er sich einen Mittelscheitel durch das spärliche rotblonde Haar und klebte es zu beiden Seiten mit Pomade fest. Fertig. Zufrieden betrachtete er das Ergebnis im Spiegel.

Nach zehn Kniebeugen, die seinen Atem beschleunigten, streifte er die Hosenträger ab, fuhr mit den Armen in das gestärkte Oberhemd und schaute, während er es zuknöpfte, aus dem Fenster. Es herrschte noch Morgennebel über den Feldern, das Buschwerk hatte schon einen grünlicher Frühlingsschimmer.

Die Hosenträger sorgten wieder für korrekten Sitz, darüber kam die Weste. Die Krawatte band er zu einem nicht zu festen Knoten um den steifen Kragen. Anschließend nahm er sein braun-beige-kariertes Sakko vom Bügel, das er am liebsten trug und das noch keine blanken Stellen aufwies, schlüpfte hinein und ließ es offen. Ein frisches Schnupftuch steckte er ein. Er zog die Taschenuhr auf und befestigte die Kette im Knopfloch, bevor er die Uhr in die Westentasche gleiten ließ. Noch ein zufriedener Blick in den Spiegel in seine eiskalten Augen, die, wie er fand, das Beste an ihm als Kriminalkommissar waren. Die machten seine kleine Statur wett.

Auf in den Kampf pfeifend ging er hinunter zum Frühstück.

*

Zur Mittagszeit saßen von Kulick und Holst beim Essen in der Gaststube. Der Kriminalkommissar sah missbilligend von seinem Teller auf. Holst schlürfte die Suppe weiter in sich hinein, achtete nicht auf den tadelnden Blick seines Vorgesetzten. Von Kulick hätte ihm erklären müssen, wie man den Löffel zum Munde führt, ohne etwas zu verschütten. Dazu fehlte ihm die Lust.

Für die Dauer der Untersuchungen musste er sich mit Holst und seinen schlechten Manieren abfinden. Der Kriminalassistent war ein eifriger Polizist, und er hatte einen nicht zu verachtenden Vorzug: Er sah wie eine Bulldogge aus. Seine Art und sein Aussehen hatten ihnen so manches Mal den nötigen Respekt verschafft. So gesehen ergänzten sie einander. Außerdem war Holst ein sicherer Kradfahrer, so dass von Kulick ohne Angst im Beiwagen sitzen konnte. Für die Dorfjugend waren sie und ihr Gefährt die Attraktion, genauso wie das NSU-Krad des Landjägermeisters Chmella, der täglich von Schleswig herübergefahren kam. Nun ja, der machte schon mit seiner Uniform und den gewichsten Stiefeln Eindruck.

Als die Tür aufging, strahlte Holst. Seine Freude beschränkte sich aber auf die Teller, die die Bedienung in den Händen balancierte, während von Kulick bei Dora Jepsens Anblick das Liebesgedicht von Hugo von Hofmannsthal in den Sinn kam:

Sie trug den Becher in der Hand/ihr Kinn und Mund glich seinem Rand …

So eine wie dieses Mädchen musste der Dichter im Sinn gehabt haben. Wie ein Sonnenstrahl wirkte sie auf ihn, wohlproportioniert und flink und immer mit einem Lächeln.

Dora stellte die Teller mit den Kohlrouladen ab, nahm die Suppenteller fort und brachte eine Schüssel mit mehligen Kartoffeln.

Von Kulick dankte mit einem freundlichen Nicken. Nein, er würde sich niemals an so einem jungen Ding ... Aber schauen durfte so ein Alter wie er und seine heimliche Freude haben. Sie waren gewiss nicht zum Vergnügen hier, sie waren auf Kosten der Gemeinde einquartiert.

Von Kulick breitete die Serviette auf seinem Schoß aus und langte nach der Kartoffelschüssel. Holst hatte seinen Teller bereits halb leer gegessen.

*

Nach dem Mittagessen zog sich Katharina Rasch auf ihr Zimmer zurück. Sie musste sich ausruhen, sonst bekäme sie später heftige Kopf- und Rückenschmerzen. Sie hatte in der Nacht schlecht geschlafen, und auch jetzt war sie viel zu nervös, um Ruhe zu finden. Wenigstens ausstrecken und die Augen schließen, dachte sie.

Gestern hatten sie zum Glück in Kiel Trauerkleidung ohne langes Suchen bekommen, ein schwarzes Wollkostüm, einen kleidsamen Hut mit Schleier und ein Kleid mit halsfernem Ausschnitt, das sie im Haus tragen konnte.

Margarethe Ryborg hatte sie dabei beraten. »In allem, was hochgeschlossen ist, siehst du aus wie Milch mit Spucke.«

Margarethe hatte ein heiteres Temperament und der Tag mit ihr in der Stadt hatte eine Weile alles Schwere vergessen lassen. Sie plauderte von diesem und jenem. In Hamburg war sie vor kurzem zur Wahrsagerin gegangen.

»Die hat mir eine Reise und einen großen Krach vorausgesagt und ich habe gleich Angst gehabt, dass das mit Helene zu tun haben könnte.«

Katharina wollte nicht an die Zukunft denken und auch nichts darüber wissen. Sie lebte jetzt, und das genügte ihr im Augenblick.

*

Am Nachmittag fuhren der Knecht Johannes Greve und Verwalter Nikolaus Schmidt nach Süderbrarup, um Kunstdünger zu holen.

»Andere Knechte verdienen mehr wie ich«, sagte Greve.

Er machte sich Gedanken darüber, was er morgen zur Beerdigung anziehen sollte. Sonntags trug er seinen Anzug, der aus einem blauen Rock und einer braunen Hose bestand und schon ziemlich abgetragen war. Aber was sollte er machen.

55 Mark in der Woche bekam er, bei freier Kost und Unterkunft. Vom ersten Lohn hatte er sich ein Paar Schnürstiefel gekauft, für 295 Mark, die er für gut haben wollte, aber auch manchmal bei der Feldarbeit tragen musste. Eine Arbeitshose für 300 Mark hatte er sich beim Kaufmann Steffen zurücklegen lassen.

Schmidt nickte. »Ich werde bei Gelegenheit mal mit Frau Rasch sprechen.« Der alte Klinker hatte gleich gesagt, wenn Greve sich gut hielte, solle er mehr bekommen. Der Knecht war ein geschickter Arbeiter. Nur dass er vorbestraft war, hatte er bei seinem Antritt verschwiegen. Vielleicht hatte er Angst gehabt, dass er sonst nicht genommen würde.

Schmidt musste an den Tag im Februar denken, als er mit der alten Frau Klinker auf Besuch zu ihrem Onkel gefahren war. Die Rede war auch auf den neuen Knecht gekommen. Da hatte der Onkel ausgerufen: »Dann haben Sie ja einen Verbrecher!« Und er hatte ihnen erzählt, dass Greve wegen Diebstahls im Gefängnis gewesen war.

Später waren Frau Rasch und Schmidt übereingekommen, Greve nicht gleich zu entlassen, denn wenn er ein schlechter Kerl wäre, könnte er das Haus anstecken oder sie sonstwie schädigen, fürchteten sie. Frau Rasch hatte an Greves früheren Lehrer in Ahrensberg geschrieben, der auch ein entfernter Verwandter von ihr war. Der habe dem Knecht ein vorzügliches Zeugnis ausgestellt, sagte sie ihm. Lehrer Neels habe geschrieben, Greve würde seine frühere Tat bereuen und so etwas nie wieder tun.

Nikolaus Schmidt hatte versprochen, auf den Knecht zu achten, er hielt Greve für einen ordentlichen und intelligenten Menschen, der einmal eine Dummheit begangen hatte und nun um einen neuen Anfang bemüht war. Wenn Greve einen Auftrag erhielt, war er stets diensteifrig. Nein, er konnte sich nicht über ihn beklagen.

Als neulich der Landjägermeister Chmella auf dem Hof gewesen war, hatte Schmidt zufällig gehört, wie Greve dem Landjäger mitteilte, er sei bestraft, aber er möge das nicht weitererzählen, damit er nicht in Verruf käme.

»Ein Lohn von achtzig Mark in der Woche ist wohl angemessen, was?«, sagte Schmidt.

Greve grinste den Verwalter an und nickte.

So viel hatte Schmidt auch als Knecht verdient. Das reichte heutzutage trotzdem nicht weit, auch wenn man sparsam war, kein Verhältnis hatte und nicht zum

Tanzen ging. Als Verwalter verdiente er jetzt immerhin tausend Mark im Monat.

»Zu Hause habe ich noch einen Schrank mit Sachen, die bringe ich mir bald mal mit«, sagte Greve. Er schnalzte mit der Zunge und forderte die Pferde zum Trab auf.

*

Am späten Nachmittag brachte ein Eilbote einen Brief des Oberstaatsanwalts nach Ulsnis-Kirchenholz.

»Sieben Seiten und Anweisungen!« Von Kulick las erst leise für sich mit gerunzelter Stirn, dann begann er laut die ihm wichtig erscheinenden Stellen Holst vorzulesen.

»Falls der Täter Frau Schmidt mit Wissen der Kinder und des Mädchens abgeholt hat, mussten dies unbequeme Zeugen für ihn sein, so dass er auch sie tötete.«

Von Kulick sah Holst einen Augenblick nachdenklich an, dann sagte er: »Ist auch meine Überzeugung.« Den Satz schrieb er an den Rand und fügte zwei Ausrufezeichen hinzu.

Holst nickte.

»Und dann zählt er alle Möglichkeiten auf, die wir ebenfalls schon erwogen und durchgesprochen haben. Außerdem sei nachzuprüfen, ob Frau Schmidt öfters am Abend ausgegangen ist, ob es im Dorf Gerüchte gab, dass sie in ihrem Hause viel Geld aufbewahre.«

»Davon habe ich bis jetzt nichts gehört«, sagte Holst. »Im Gegenteil, alle sagen, die Witwe sei sehr ängstlich gewesen und ging in der Nacht nie aus.«

»Der Meinung bin ich auch«, sagte von Kulick und las die nächste Passage des Briefes laut.

»Was den Verdacht gegen Marxen anlangt, so ist seine Festnahme zur Prüfung des gegen ihn vorliegenden,

auch in der Bevölkerung vielfach vertretenen Verdachts durchaus erforderlich. Soweit ich aus den Ermittlungen entnehme, wird ihm die Tat ohne weiteres zugetraut.

Dass er außer den 10 000 Mark auch noch 3700 Mark am Sonntagnachmittag abgehoben hat, beweist zwar, dass die Reise schon ins Auge gefasst war, lässt aber immer noch die Möglichkeit offen, dass diese Reise unternommen ist, um zunächst allen unliebsamen Untersuchungen nach der Tat aus dem Wege zu gehen. Einzelne Einwohner sind erstaunt, dass er trotz dieses, das ganze Dorf erschütternden Vorkommnisses die Reise unternahm. Auffallend ist, dass über diese Reise im Haushalt nicht vorher gesprochen sein soll und dass dem Kutscher verboten gewesen sein soll, jedermann mitzuteilen, wohin Marxen gereist ist.

Es wird sich feststellen lassen, ob Marxen größeres Gepäck mit sich geführt, die blutigen Kleidungsstücke vielleicht auf diese Weise fortgeschafft hat.

Auch werden die Angestellten angeben können, ob Sachen fehlen oder vielleicht frisch gewaschen sind.

Jedenfalls muss er sofort auf Blutspuren und Verletzungen ärztlich untersucht werden.

Auch in Süderbrarup wird sich durch Befragen der Schaffner, die den Zug, mit dem Marxen gefahren ist, begleitet haben, ermitteln lassen, ob Marxen Gepäck bei sich geführt und wo er mit seinen Begleitern ausgestiegen ist, sowie ob sein Benehmen etwas Auffälliges gezeigt hat.«

Von Kulick ließ das Blatt sinken. »Außerdem bittet der Oberstaatsanwalt um einen allabendlichen schriftlichen Bericht, damit er die erforderlich erscheinenden Anordnungen und gerichtliche Vernehmungen veranlassen könne.«

Holst grinste. »Was machen wir zuerst?«

»Ich denke, wir kümmern uns um diesen Marxen. Fahren wir zunächst zur Bahnstation Süderbrarup.«

Holst grinste breiter. Diese gerade Strecke bergauf liebte er besonders.

Ihre Erkundigungen am Bahnhof hatten zu keinem Ergebnis geführt. Mehr Erfolg hatten sie bei Marxen. Der hatte zwar zunächst nicht mit der Sprache herausrücken wollen, aber nachdem Holst ihm eine ärztliche Untersuchung und eine Nachforschung auf Blutspuren in seiner Wäsche angedroht hatte, gab er zu, dass er nicht nur wegen eines Kaufs von Vieh nach Hannover gereist war. Er bat aber um Verschwiegenheit, da er im Dorfe wegen des abgelehnten Heiratsantrages schon zum Gespött geworden sei.

Dann zeigte Marxen ihnen Briefe, die belegten, dass er durch Vermittlung eines entfernten Verwandten auf Brautschau gegangen war. Leider habe die Witwe lieber alleine ihren Hof bewirtschaften wollen. Warum, wisse er nicht, er habe wohl kein Glück bei den Damen.

Am Abend schrieb von Kulick seinen ersten Bericht an den Oberstaatsanwalt und teilte ihm mit, dass Marxen als Täter nicht in Frage käme. Danach begab er sich zu Bett. Das Schnarchen von Holst, das durch die Wand drang, störte ihn nicht, für ihn klang es wie Meeresrauschen. Er zog sich das schwere Federbett bis an die Nasenspitze und versuchte sich an das Liebesgedicht zu erinnern. Gedichte waren ihm in allen Lebenslagen ein Trost gewesen.

»*Sie trug den Becher in der Hand/ ihr Kinn und Mund*

glich seinem Rand/ so leicht und sicher war ihr Gang/ kein Tropfen aus dem Becher sprang«, murmelte er.

Bevor ihm die zweite Strophe einfiel, war er schon eingeschlafen.

Freitag, der 7. April 1922

Beerdigung

Der Amtsgerichtsrat hatte Drews rechtzeitig an das Tragen eines schwarzen Anzuges erinnert. Bei der Anprobe hatte Carl August feststellen müssen, dass er aus dem Anzug herausgewachsen war. Seine Wirtin hatte sich die Nähte genauer angeschaut und gemeint, dass der Schneider die bestimmt noch herauslassen könne.

Zu Carl Augusts Erleichterung musste er sich für die Beerdigung keinen neuen Anzug anschaffen.

Der Tag war kalt und grau mit niedrigen Wolken. Sie fuhren mit dem ersten Zug und von Süderbrarup mit der Droschke nach Ulsnis-Kirchenholz. Im Gasthof erwartete sie der Kriminalkommissar.

»Holst hat sich schon mit der Fotografierausrüstung an die Abzweigung nach Ulsnisland begeben«, sagte er. »Die Gemeinde hat sich drei Leichenwagen aus anderen Ortschaften ausleihen müssen. So eine Beerdigung hat es noch nie gegeben!«

Schweigend gingen die drei Männer an dem Natursteinwall entlang, der zusammen mit mächtigen Eichen den Friedhof begrenzte. Kirchenglocken begannen zu läuten, und als Carl August sich umschaute, bemerkte er den separat stehenden hölzernen Glockenturm. In der Nähe der Kirche musste die Grabstelle sein, denn dort standen einige Männer, stützten sich auf ihre Schaufeln und ruhten vom Graben im festen Boden aus. Der Geruch von feuchter Erde und moderndem Laub war in der Luft und ganz schwach der strenge Duft von Buchsbaum. Mit diesen Hecken waren auch hier, so wie in Lübeck, die Grabstellen eingefasst. Carl August musste augenblicklich an die Beerdigung seiner Eltern denken. Im Sommer war der Geruch unerträglich gewesen, hatte ihn schwindelig gemacht. Am nächsten Tag war er krank geworden und in den Fiebernächten hatte er gefürchtet, auch sterben zu müssen. Seltsam, dass ein junger Mensch nie an den eigenen Tod dachte. Diese Erkenntnis, sterblich zu sein, hatte ihn geschüttelt und war wohl eine ernsthafte Krise gewesen. Aber jetzt konnte er ohne Angst an den Tod denken.

Kriminalassistent Holst hatte sich so aufgestellt, dass er mit Stativ und Kamera freie Sicht auf die Straße nach Ulsnisland hatte, die schon von vielen Menschen gesäumt wurde. Carl August blieb in seiner Nähe stehen. Holst, der offenbar befürchtete, von der Menschenmenge mitsamt der Kamera umgestoßen zu werden, begrüßte die Anwesenheit der Kollegen, die ihn davor bewahren konnten. Er verschwand ab und zu unter dem schwarzen Tuch und rückte das Gestell mal hierhin, dann einige Schritte weiter, die drei Herren mit sich ziehend.

»Heute wird der Trauerzug aus dem ganzen Dorf bestehen«, sagte Holst.

Endlich hatte er die beste Position für seine Aufnahmen gefunden. Hier sei es üblich, dass der Pastor im Hause der Verstorbenen eine Ansprache hielte, erklärte er. »Die Angehörigen versammeln sich dort, singen und beten und folgen dann dem Sarg im Schritttempo.«

»Dann wird das noch eine Weile dauern.« Carl August rieb sich die Hände und trat von einem Bein auf das andere, um das Blut in Bewegung zu halten.

Der Amtsgerichtsrat und der Kriminalkommissar, die hinter ihnen standen, unterhielten sich leise. »Gibt es neue Erkenntnisse?«, fragte Zuschlag.

»Marxen kommt als Täter nicht mehr in Betracht«, antwortete ohne zu zögern der Kriminalkommissar. »Wir sollten uns in erster Linie fragen, wer einen Vorteil aus der Tat zu erwarten hat. Für mich ist das ohne Zweifel die Stiefschwester, Katharina Rasch.«

»Sie selbst kommt als Auszuführende bei der Tat nicht in Frage.« Zuschlag senkte seine Stimme. »Sie müsste sich einer Mittelsperson bedient haben, einer, die nicht völlig uninteressiert ist.«

»Ja, aber sie wird wissen, wie sehr ein solches Vorgehen sie späteren Erpressungen aussetzen müsste.« Von Kulick schaute sich um und räusperte sich. »Es kämen nur solche Personen in Frage, mit denen sie bereits Beziehungen unterhält.«

»Die Erfahrung zeigt, dass eine Frau bei der Größe des Besitzes nicht unverheiratet bleiben kann – ihr Zukünftiger müsste landwirtschaftlich erfahren sein.«

»Nicht selten werden Angestellte geheiratet, die den Betrieb genau kennen. Eine Person, die am Kriege teilgenommen hat wäre denkbar – dafür sprechen die Verletzungen der Leichen.«

»Da mögen Sie recht haben«, sagte Zuschlag gedehnt.

»Es könnte eine morgensternartige Keule, eine Hindenburgkeule oder ein Totschläger der Engländer gewesen sein.«

»An wen denken Sie?«

»Der Verwalter Nikolaus Schmidt war im Kriege, er käme in Frage.«

»Sollten wir unter irgendeinem Vorwand eine Durchsuchung bei Frau Rasch vornehmen?«

»Auch ihren geschiedenen Ehemann müssen wir überprüfen. Vielleicht hat er sich Hoffnungen auf eine Aussöhnung mit seiner früheren Frau gemacht. Sie ist jetzt durch die Erbschaft zu reichem Besitz gelangt.«

»Ja, ja, das klingt plausibel«, stimmte Zuschlag zu.

Ein kleiner Junge rief aufgeregt: »Da kommen sie!«

Alle schauten in die Richtung seines ausgestreckten Fingers.

Der Ulsnisser Leichenwagen führte den Trauerzug an. Holst verschwand unter dem Tuch, um das erste Foto zu machen. Ein weißes und ein schwarzes Pferd zogen den Wagen. Auf dem Kutschbock saßen zwei Männer mit steifen Hüten, einen mit weißen Blumen geschmückten Kranz zwischen sich. Dahinter schritten drei Männer, auch sie trugen Zylinder und Homburger, vielleicht war das der Gemeinderat, überlegte Carl August.

Die Herren am Straßenrand zogen ihre Hüte, wenn der Leichenwagen vorüber fuhr.

Nach dem vierten Leichenwagen atmete Carl August auf. Holst stieß ihn in die Seite und flüsterte: »In der nächsten Kutsche sitzt Katharina Rasch, neben der Schwiegermutter von Helene Schmidt.«

Die alte Frau saß in sich zusammengesunken da, die junge steif und aufrecht, ihr Gesicht verdeckte ein schwarzer Schleier. Langsam rollten sie vorüber. Carl August sah dem Wagen nach. Eine bunte geschnitzte Blumenranke verzierte die Rückenlehne. Der Kutscher schwang die Peitsche.

»Der Gaul will lieber in den Stall«, sagte Holst. »Kann ich ihm nicht verdenken. Da lang geht es zum Klinkerschen Hof.« Er deutete mit der Hand in die entgegengesetzte Richtung.

»Wer arbeitet alles auf dem Hof? Sind das viele Leute?«, fragte Carl August leise, während die Kutschen und Fußgänger weiter an ihnen vorbeizogen.

»Nicht so viele«, erwiderte Holst. »Außer Frau Rasch und ihrer Stiefmutter ist da die Stütze Käthe Nanning, dann zwei Dienstmädchen, der Verwalter Schmidt, der Knecht Greve und der Tagelöhner Osewald. Für den Hof haben nach Bedarf auch andere Leute gearbeitet. Seit dem dritten April ist der Tagelöhner Wienke eingestellt. Der wohnt aber außerhalb, in seiner eigenen Wohnung.«

»Wurden die denn nicht verhört?«

»Doch, doch, wir sind bald jeden Tag da, aber gebracht hat es bis jetzt nichts.« Holst zuckte mit den Achseln und begann sein Stativ abzubauen.

Der Friedhof konnte nicht alle Menschen fassen. Viele standen auf der Straße zwischen abgestellten Kutschen. Seine Begleiter hatte Carl August in dem Durcheinander längst verloren. Er war sicher, dass er Zuschlag im Gasthof wiederfinden würde.

Die Gemeinde sang das letzte Lied, das kannte er gut. »*So nimm denn meine Hände und führe mich*«, sang er laut mit. Es tat ihm gut, das Singen löste einen dicken Klumpen in seiner Brust.

*

Als Carl August am Abend nach Hause kam, fand er seine Wirtin in der Küche, mit den Füßen in einer kleinen Zinkwanne. Sie nieste und wischte sich die Nase mit einem spitzenumhäkelten Taschentuch. Als sie seinen Blick auf ihre nackten Knie bemerkte, schob sie den Rock darüber.

»Ich bin mit dem letzten Dampfer gekommen. Eisfüße hab ich.«

»Wo waren Sie denn?«

»In Ulsnis.«

»Auf der Beerdigung?«

»Ja, da war ich auch.«

»Ich habe Sie nicht gesehen.«

»Bei der Menschenmenge!«

»Darf ich hier essen? Dann können wir uns dabei unterhalten.«

Er holte das Tablett mit der silbernen Abdeckhaube aus dem Esszimmer. Diese stammte noch aus der Zeit vor dem Krieg, als seine Wirtin in einer Haushaltungsschule das Servieren und Kuchenbacken erlernt hatte.

Carl August setzte sich an den Küchentisch. »Ich freue mich immer auf diesen Augenblick, das ist wie bei ›Tischlein deck dich‹.«

Er hob die Haube mit Schwung. Auf einem Teller mit dunklem kräftigem Schwarzbrot lagen frisch geräucherte Heringsfilets, gekrönt von Rührei und Schnittlauch.

»Hmmh, sieht das gut aus. Wie das duftet. Ich wusste nicht, dass es schon Schnittlauch gibt!«

Mathilde Clausen kochte ohnehin gerne, aber wenn ihr Gast ihre Kochkunst zu schätzen wusste, machte es ihr erst richtig Spaß. »Dicht am Hühnerstall ist ein warmes Plätzchen, da kann ich den Schnittlauch bereits abschneiden«, erklärte sie.

Carl August begann mit Appetit zu essen.

»Ich war neugierig, das gebe ich zu«, sagte sie entschuldigend. »Ich wollte den Ort und das Haus, wo das Schreckliche geschehen ist, mit eigenen Augen sehen. Viele Leute sind nachher zum Mordhaus hingegangen.

Kinder führen die Fremden dahin und verdienen sich ein Taschengeld.«

Er nickte, das konnte er verstehen, er hatte auch schon längst den Klinkerschen Hof ansehen wollen, um sich ein Bild zu machen. Immerhin konnte man bei ihm von beruflicher Neugier sprechen.

»Die meisten Leute in Ulsnis sind der Meinung, dass es bei dem Mord um das Erbe ging«, sagte seine Wirtin. »Dass die ganze Familie ausgerottet werden sollte. Sie sind überzeugt, dass die Stiefschwester damit zu tun hat – auch wenn sie sich nicht vorstellen können, dass sie selbst die Tat begangen hat.«

»Katharina Rasch hätte doch auch ein schönes Erbe erhalten«, warf er ein.

»Aber so ein Hof ist etwas ganz anderes. Früher soll Katharina kein Interesse an ihm gehabt haben. Sie wollte ja Lehrerin werden. Nur seit dem Tod ihres Vaters hat sie den Betrieb geleitet und gar nicht mal schlecht, wie erzählt wird.«

Mathilde nahm einen rosigen Fuß aus dem Wasser, trocknete ihn mit einem Handtuch ab und knetete dabei jeden einzelnen Zeh. Dann zog sie einen dicken Wollstrumpf über.

»Ich habe etwas über das Dorf und seine Geschichte gehört. Das ist interessant.« Sie bearbeitete den zweiten Fuß mit dem Handtuch.

Carl August kaute und nickte, zum Zeichen, dass er gerne zuhören wollte.

»Das Land in der Gemeinde Ulsnis wurde vor etwa hundertfünfzig Jahren neu vermessen und unter zwölf Männern, den so genannten Hufnern, aufgeteilt. Jeder erhielt gutes und schlechtes Ackerland, Wiesen und Wald. Eine Hufe sind etwa zehn Hektar, hab ich mir sagen lassen«, erklärte sie. »Diese Besitzungen sollten ungeteilt bleiben. Einer von diesen alten Höfen ist der Klinkersche Hof. Das ist also nicht irgendein Bauernhof, das ist etwas ganz Besonderes.«

Das glaubte Carl August auch und beschloss, sich den Hof bei nächster Gelegenheit wirklich anzusehen.

»So«, Mathilde stand auf, »und jetzt mache ich einen Holunderpunsch. Mögen Sie auch einen?«

»Das hört sich sehr gesund an.«

»Ist er auch.« Mathilde lachte. »Ich kann mir nicht erlauben, krank zu werden – oder können Sie kochen?«

Carl August schüttelte den Kopf, behauptete aber, das immer schon habe lernen wollen.

Seine Wirtin lachte nur. Sie stellte einen Topf mit Wasser auf den Herd und warf eine Zimtstange und einige Nelken hinein.

»Nützlich wäre es, wenn Sie es könnten«, sagte sie. »Doch wissen Sie eigentlich, wie viel man beim Krämer für ein Ei zu zahlen hat – ich habe die Preise gerade in der Zeitung gelesen.«

Carl August musste zugeben, dass er es nicht wusste. Mathilde gab zwei gehäufte Löffel Zucker in das heiße, gewürzte Wasser.

»Ein Pfund Butter kostet fünfundvierzig, ein Pfund Kaffee vierzig Mark und ein einziges Ei – ich bin nur froh, dass ich die Hühner habe – kostet vier Mark vierzig! Wer kann so etwas bezahlen?«

»Nur einer mit US-Dollar in der Tasche«, sagte er, froh, wenigstens darüber Bescheid zu wissen. »Für einen Dollar kriegt er dreihundertvier Mark.«

»Wo soll das bloß hinführen! Auch der Zucker ist überall Mangelware.«

Mathilde goss eine Flasche Holundersaft in den Topf

mit den aufgekochten duftenden Gewürzen. Jedes Jahr im Herbst pflückte sie die Holunderbeeren und füllte den Saft in Flaschen ab.

»Da ist die ganze Sommersonne drin«, sagte sie und gab, als alles heiß war, noch einen Schuss Rum dazu. »Der müsste nicht unbedingt rein, aber der tötet bestimmt alle Schnupfenbazillen.«

Sie goss den Punsch in zwei hohe Gläser.

So saßen sie einander gegenüber am Küchentisch im Lampenlicht. Draußen war in regelmäßigen Abständen ein dumpfer Ton zu hören, das war das Nebelhorn von Schleimünde, das die Schiffe vor den Untiefen warnte.

»Was habe ich ein Glück, dass ich hier sein kann, hier bei Ihnen und Ihrem ›Tischlein deck dich‹«, sagte Carl August.

Mathilde lächelte, nickte und sah ihn über den Rand ihres Glases mit glänzenden Augen an.

Als Carl August eine Weile später im Bett lag, musste er nicht wie sonst an die Mordsache denken. Seine Gedanken drehten sich ausschließlich um zwei runde weiße Knie, die, so kam es ihm in den Sinn, konnten gut und gern aus Alabaster oder Marzipan sein.

Sonntag, der 9. April 1922

Wilhadikirche

Katharina Rasch faltete die Hände zum Gebet und senkte den Kopf. Sie hatte lange nicht mehr richtig gebetet. An einen Gott, der auf ihre Bitten hörte, hatte sie nur als Kind geglaubt, so wie an den Weihnachtsmann und den Osterhasen. Sie blieb einen Moment stehen und setzte sich dann auf die harte Kirchenbank. Margarethe Ryborg zur linken, ihre Stütze Käthe Nanning auf der anderen Seite, taten es ihr nach. Sonntags besuchte man hier in Ulsnis die Kirche, nach einer Beerdigung erst recht.

Voll war es, schon rückten Margarethe und die Nanning näher. Katharina holte hörbar Luft.

»Was ist?« Margarethe legte eine Hand auf ihren Arm.

»Danke, es geht schon.« Sie vertrug keine Menschenansammlungen, hatte das Gefühl, keine Luft zu bekommen.

Der Kirchendiener ließ die zentnerschwere Glocke ausklingen. Nun war unterdrücktes Gemurmel zu hören, das anschwoll. Katharina spürte die Blicke, die sich in ihren Rücken bohrten. Sie suchte wie früher, wenn sie sich gegen ihre große Schwester hatte behaupten müssen, Beistand beim Ritter Sankt Georg, dessen Standbild in Lebensgröße neben dem Altar aufgestellt war. Er kam direkt auf sie zugeritten, die erhobene Lanze in der Faust.

»Du kriegst nie den Hof!«

»Krieg ich doch!«, triumphierte die Jüngere.

Katharina Rasch lächelte in sich hinein.

Über der Eingangstür zum Kirchenschiff war die Jahreszahl 1673 zu lesen, daneben die Worte *Pietate et Justitia*.

»Papa, was heißt das?«

»Der Frömmigkeit und der Gerechtigkeit«, hatte ihr der Vater erklärt und dass die Wilhadikirche noch viel älter sei. Im Pastoratsgarten hatte der Vater des Grafen Johann Friedrich von Struensee unter einem Buchsbaum geweint, gebetet und gehofft, dass sein Sohn begnadigt würde. Dennoch war der Minister und Leibarzt des königlichen dänischen Hofes hingerichtet worden. Besuchern zeigte man gerne die seltene Buchsbaumgruppe, die an der Stelle wuchs, wo die Tränen geflossen waren.

Katharina konnte nicht über den Tod von Helene weinen. Nicht einmal für die Knaben und das Dienstmädchen, deren Vater, ein Werftarbeiter aus Kiel, mit seiner anderen Tochter angereist war, hatte sie Tränen übrig. Leer und erschöpft fühlte sie sich, und der Hof war noch immer voll mit Besuch, so dass sie kaum zu sich selbst fand.

Die Orgel begann mit dem Vorspiel, füllte die Kirche bis zum Dach mit Tönen und spülte alle Gedanken fort. Pastor Loos kam gemessenen Schrittes herein und der Ablauf des Gottesdienstes, die Gesänge und Gebete und selbst die Predigt, legten sich wie Balsam auf Katharinas Seele.

Nach dem Gottesdienst gingen sie an dem frischen Grab mit den welkenden Kränzen vorbei, blieben einen Moment stehen. Diesen Weg nahmen auch viele andere Besucher, die sich dann zu kleinen Gruppen knäuelten und redeten, natürlich über den Mord. Als Katharina sich umschaute, begegneten ihr die ersten feindseligen Blicke. Damit hatte sie gerechnet, nur nicht damit, dass es sie treffen würde.

Sie wandte sich Margarethe zu: »Am Dienstag fahren wir nach Kappeln zum Rechtsanwalt Dr. Schmidt, um einen Erbschein zu erwirken. Ich muss mich auch wegen Helenes Schwiegermutter erkundigen.«

Helenes Mann hatte zwei Brüder gehabt, die nun als Erben in Erscheinung treten würden. Das alles würde nicht so einfach werden.

Montag, der 10. April 1922

Postsperre

Die Woche vor Ostern begann für Amtsgerichtsrat Zuschlag und Gerichtsschreiber Drews mit einer Fahrt im Mietwagen nach Steinfeld. Der Oberstaatsanwalt hatte eine Postsperre für Katharina Rasch beantragt. Aus dem Grund tagte das Amtsgericht im Postgebäude. Alle eingehenden Briefe an die Beschuldigte hatten an Kriminalkommissar von Kulick zu gehen, der befugt war, sie zu öffnen und sie auf Hinweise im Zusammenhang mit der Mordsache durchzulesen, bevor sie der Empfängerin ausgehändigt werden konnten. Natürlich durfte Katharina Rasch nichts von der Maßnahme erfahren.

Amtsgerichtsrat Zuschlag als Richter anwesend, trug Drews in den Vordruck für die erste Seite der Ermittlungssache ein. *Erschienen Kriminalkommissar von Kulick und die nachbenannten Zeugen, diese wurden belehrt, dass sie von der Amtsverschwiegenheit entbunden sind.*

Einzeln und in Abwesenheit der anderen sieben Zeugen wurden die Postbeamten vernommen.

Katharina Rasch hatte einige Briefe »postlagernd« erhalten, was hier unüblich war, darum erinnerten sich alle Befragten daran. Eine flotte lateinische Schrift sei das gewesen, abgestempelt in Hamburg.

Auf der Rückfahrt grübelte Carl August darüber nach, was eigentlich bei diesen Vernehmungen herausgekommen war. Sie hatten gehört, dass Katharina Rasch sich die postlagernden Sendungen selbst abgeholt hatte und dass sie kein Trinkgeld gab, wenn einer ihr aus Gefälligkeit die Post nach Hause brachte. Die Aussagen ähnelten sich, nur die des Postschaffners Siemensen wich ab. Er hatte mit dem Fernsprechdienst zu tun, nichts mit der Zustellung.

»Heute Morgen hatte ich Süderbrarup Nr. 73 mit Steinfeld Nr. 29 verbunden. Als ich abhören wollte, ob das Gespräch beendet war, hörte ich gerade, wie die Person Nr. 73 sagte, sie hätten eine Person gesehen, die ein blaues Auge und zerkratzte Hände gehabt hätte. Der Betreffende sei schon mit eineinhalb Jahren Gefängnis vorbestraft. Weiterer Einzelheiten kann ich mich nicht entsinnen.«

Weder der Kriminalkommissar noch der Amtsgerichtsrat hatten nachgefragt, wer den Anschluss Nr. 73 oder Nr. 29 inne hatte. Warum nicht?

Auf Carl Augusts Frage antwortete Zuschlag: »Vermutlich wird es sich um ein Gerücht handeln. Denken Sie nur an den blutbefleckten Radfahrer, den man irgendwo gesehen haben wollte. Man muss lernen, die Spreu vom Weizen zu trennen.«

Ja, wahrscheinlich, dachte Carl August – und ich bin nur der Schreiber, kein Ermittler. Er nahm sich vor, nie wieder so eine Bemerkung zu machen. Für den 12. April hatte der Kriminalkommissar Katharina Rasch und den Verwalter Nikolaus Schmidt zur Befragung vorgeladen. Carl August war sehr gespannt, was diese beiden auf die Beschuldigung antworten würden, an dem Verbrechen beteiligt zu sein.

*

Im Amtsgericht war ein Brief mit dem Testament des Marquard Klinker eingegangen.

»Katharina Rasch wäre auch ohne Mord eine reiche Frau«, sagte Zuschlag. »Damit dürfte das Motiv wohl hinfällig sein.« Er gab das Blatt an Drews für die Akten. »Legen Sie einen Spezialband ›Rasch‹ an.«

Meine Tochter, Witwe Helene Schmidt, geb. Klinker in Ulsnis soll meinen gesamten Grundbesitz mit lebendem und totem Inventar und den darauf befindlichen Gebäuden erhalten, jedoch mit der Auflage, dass sie verpflichtet ist, meiner Tochter Ehefrau Catharina Rasch geb. Klinker jetzt ebenfalls in Ulsnis eine Hypothek von 45 000 Mark – Fünfundvierzigtausend Mark – auf dem vermachten Grundbesitz zu bestellen und für dieselbe eintragen zu lassen. Diese für meine Tochter Catharina zu bestellende Hypothek soll von der Schuldnerin der Gläubigerin mit 4% verzinst und 15 Jahre lang nach meinem Tode seitens der Gläubigerin unkündbar sein.

Ich mache meiner Tochter Helene weiter die Auflage, dass sie meiner Tochter Catharina 6 Jahre lang nach meinem Tode frei Wohnung entweder in der in meinem Hause befindlichen Abnahmewohnung oder in dem meiner Tochter Helene gehörigen Hause an der Schlei gewährt.

Mein übriges Kapitalvermögen vermache ich meiner Tochter Catharina.

Über die in dem Testament vom 14. Dezember 1917 aufgeführten Möbel bestimme ich hierdurch wie folgt:

Meine Tochter, Frau Rasch, soll folgende Mobilien erhalten:

Aus dem Wohnzimmer: 1 Schreibtisch, 1 Klavier, 2 Spiegelschränke, mit Spiegeln, ein Nähtisch.

Aus der Schlafstube: 2 Betten, 1 Waschtisch, 2 Nachtschränke.

Aus dem Saal: 1 Sofa, 1 Ausziehtisch mit Decke, 12 Stühle, 2 Sessel, 1 Silberschrank, 1 Serviertisch, 1 Spiegeltisch, 2 Blumenständer, die Gardinen.

Aus dem Fremdenschlafzimmer: 2 Betten, 1 Waschtisch, 1 Leinenschrank, 1 Kleiderschrank, der z. Zt. in der Abnahmestube steht, 2 große Truhen und 1 kleine Truhe.

Mein Testament vom 14. Dezember 1917 bleibt, soweit es durch Vorstehendes nicht abgeändert ist, bestehen.

Kappeln, den 11. Juli 1921

Mittwoch, der 12. April 1922

Friedrich Rasch

Katharina Rasch verließ mit schnellen Schritten das Gasthaus Schmidt, in dem sie den ganzen Vormittag als Vorgeladene und des Mordes Verdächtige zugebracht hatte. Sie war mit dem Wagen gekommen, hatte die Nanning aber gleich damit zurückgeschickt.

Nun waren Bewegung und frische Luft eine Wohltat. In den Hecken lärmten Spatzen, Veilchen blühten schon. Wenn ein Fuhrwerk vorbeikam, trat sie zur Seite, denn die Räder wirbelten Staub auf.

Es war höchste Zeit, die Felder zu bestellen, durch die Mordsache waren sie in Verzug gekommen.

Wenn ihr Leute begegneten, nickte sie ihnen zu, hielt sich aber nicht auf. So hatte sie es immer gehalten. Sie war nicht beliebt und sie wollte es auch nicht sein, schon in der Schule war sie so gewesen. Nur Helene hatte sich überall beliebt gemacht, wahrscheinlich hätte sie für einen Gang durch das Dorf einige Stunden gebraucht. Katharina nickte dem Posthalter zu und übersah die dicke Frau des Bäckers.

Diese Befragung war leichter gewesen, als sie gedacht hatte. Sie brauchte nur ausführlich zu antworten, ja, es hatte ihr Spaß gemacht, lauter Nebensächlichkeiten zu erzählen, die der Kriminalassistent aufschreiben musste.

Der kleine Herr »Von« aus Kiel mit den scharfen Augen hatte sie auch nach ihrem Verhältnis zu ihrem Ehemann gefragt. Darum hatte sie von der Ehescheidungsklage berichtet, obwohl das der Oberstaatsanwalt längst aufgeschrieben hatte. Dass der Kriminalkommissar trotzdem nachfragte, ob sie an eine Wiederheirat mit ihrem Mann dächte, das war doch zum Lachen.

Die Mittagsglocke wurde geläutet, sechsmal langsam und dreimal schnell. Alle, die auf den Feldern arbeiteten, spannten aus und kehrten mit den Pferden zum Hof zurück. Auch Schmidt und Greve waren beim Pflügen.

Heute Nachmittag war Nikolaus Schmidt vorgeladen. Das war wegen der vielen Arbeit ärgerlich, da musste Wienke mit aufs Feld, das Holzsägen konnte warten. Um das Mittagessen hatten sich Margarethe Ryborg und die Nanning gekümmert. Gestern war Katharinas Stiefmutter von ihrem Sohn abgeholt worden. Das war eine gewisse Erleichterung, sie hatten sich nie gut verstanden. Morgen musste Margarethe zurück nach Hamburg. Neuer Besuch von dort hatte sich angekündigt, voller Mitgefühl und noch mehr Neugierde. Diese Zeit musste überstanden werden.

Vor dem Laden des Kaufmanns waren wie immer einige Leute im Gespräch versammelt. Der alte Madsen erzählte, wie er die Leiche gefunden hatte »Das werd ich mein Lebtag nicht vergessen!«, hörte sie. In diesem Augenblick bemerkte er die Herrin vom Klinkerschen Hof, seine Miene erstarrte, und auf ein Wort von ihm wandten sich alle zu ihr um.

Katharina hatte wenig Lust, sich auf eine Befragung einzulassen und ihnen neue Munition für Gerüchte und Vermutungen zu geben. Vielleicht wussten sie schon, dass sie von der Polizei verdächtigt wurde. Was immer sie sagte, es würde zu ihrem Nachteil ausgelegt werden.

Madsen öffnete gerade den Mund, um sie anzusprechen, da landete in der Nähe ein Storch auf dem Strohdach einer alten Scheune und lenkte alle Aufmerksamkeit auf sich. Katharina nutzte die Gelegenheit, an der Meute vorbeizukommen. Von nun an wollte sie nur noch mit dem Wagen durch den Ort fahren, um derartige Situationen zu vermeiden. Sie beschleunigte ihre Schritte.

Die Herren von der Kriminalpolizei zählten eins und eins zusammen und glaubten, auf diese Weise den Mörder zu finden. Ob sie daran gedacht hätte, einen Heiratsantrag von Nikolaus Schmidt zu erhalten! Das war lächerlich. Gewiss musste sie wieder heiraten, so ein Hof brauchte einen Herrn. Aber das Heiraten konnte warten. Andere Dinge waren jetzt wichtiger.

Als sie auf den Hof kam, führten Greve und Schmidt die schweißnassen Arbeitspferde in den Stall.

»Nachher soll Wienke Ihnen beim Pflügen helfen«, rief sie Johannes Greve hinterher.

*

Nach dem Mittagessen machte sich der Verwalter Nikolaus Schmidt auf den Weg nach Kirchenholz, um dem Kriminalkommissar Rede und Antwort zu stehen. Dass sie ihn überhaupt verdächtigten, die Morde begangen zu haben, war ungeheuerlich. Ob er die Polizei von seiner Unschuld überzeugen konnte? Er musste plausible Antworten geben und durfte keine Unsicherheiten zeigen.

»Sie wissen nicht weiter, da brauchen sie einen Sündenbock, du passt ihnen gerade«, hatte sein Freund Otto Schuhmacher gemutmaßt.

Er ging mit schnellen Schritten, die staubige Dorfstraße lag still im Sonnenlicht, auf den Höfen zu beiden Seiten ruhte alles zurückgezogen unter dem frühlingsgrünen Schleier der Bäume. Mittagsruhe – er würde sich jetzt auch lieber ein Stündchen aufs Ohr legen, denn er hatte wirklich zu viel gegessen. Die Pfefferkartoffeln hatten so richtig gut geschmeckt. Das Fräulein Nanning sorgte von nun an für die Mahlzeiten, statt der alten Frau Klinker.

»Das ist ein Rezept meiner Mutter«, hatte sie gesagt und war über sein Lob über und über rot geworden. Sie sah dabei aus wie – ja, wie eine Sonnenblume. Er schmunzelte über seinen Einfall, aber es stimmte. Bei einer Rothaarigen waren braune Augen selten, dazu kamen die Sommersprossen. Hübsch war sie ihm auf einmal erschienen. Eine tüchtige Person und dabei zurückhaltend. Das schätzte er an ihr.

Von Margarethe Ryborg hatte er erfahren, dass sich Helene Schmidt für ihn als Ehemann interessiert hatte. Er hatte das nicht einmal bemerkt, aber wahrscheinlich war er in dieser Hinsicht etwas schwerfällig.

Er hatte Helene Schmidt immer als seine Auftraggeberin respektiert und nichts anderes in ihr gesehen, zumal sie viel älter war als er. Über ihren Leumund hatte er nichts Gutes gehört. Außerdem heiratete er doch nicht den Besitz!

Helene hatte oft Herrenbesuch bekommen und der Torpedieroberleutnant Friedrich Detlefsen hatte mal ein Verhältnis mit ihr gehabt.

»Helene war reichlich sinnlich veranlagt«, hatte der ihm im Vertrauen gesagt und er solle das lieber für sich behalten, um nicht noch mehr Gerede in Gang zu setzen.

Ob er selbst jemals heiraten konnte? Sein Vater war Altenteiler und hatte seinen Hof verkauft. Von dem war nur etwas Bargeld zu erwarten. Aber er wusste, dass er jede Arbeit leisten konnte. Darum machte er sich um sein Fortkommen keine Sorgen.

Nun war erst einmal diese Schlacht mit dem Kriminalkommissar zu schlagen. Er hatte schon schlimmere Dinge erlebt. 1916 hatte er sich freiwillig zum Reserve-Fuß-Artillerie-Regiment Nr. 10 gemeldet und war Fahrer in der Munitionskolonne gewesen.

Er straffte sich und betrat die Gastwirtschaft Schmidt, wo er erwartet wurde.

*

Spät am Nachmittag traf ein Eilbote im Amtsgericht mit einem Brief aus Hamburg ein.

Zuschlag las ihn mit gerunzelter Stirn. Dann gab er ihn an Drews weiter. »Den müssen Sie lesen, dann kommt er zu den Akten, Spezialband ›Rasch‹.«

Carl August nickte und vertiefte sich in die sieben mit der Hand eng beschriebenen Seiten des Kriminalwachtmeisters Orthmann.

Die sofort angestellten hiesigen Ermittlungen hatten folgendes Ergebnis:

Laut Melderegister wurde der Kaufmann (Landwirt) Friedrich Claus Rasch am 26.1.90 in Schleswig geboren.

Die Logiesgeberin, Marie Bruhns geb. Uebel, Steindamm 3, wie vorher vertraulich erkundigt, gänzlich aufrichtig und gut beleumundet, ohne Bekanntgabe des Sachverhalts befragt, gab an:

»Rasch hat bis Juni 20 bei mir gewohnt und ist dann angeblich nach Schwerin abgereist. Dort hat er bei einer Ww. Glitscher, Straße unbekannt, gewohnt. Als er bei mir wohnte, sagte er, dass er in Kartoffeln und Getreide reiste. Kurz vor Weihnachten 21 kam er wieder zu mir und hat hier zwei Nächte genächtigt. Damals bat er

mich, dass ich ihm meine Damenuhr leihen möchte, was ich auch tat. Er wollte sie mir gleich nach Weihnachten wiederbringen, ist aber nicht mehr wiedergekommen, so dass ich bereits dachte, die Uhr wäre für mich verloren, bis vor etwa 14 Tagen eine Frau erschien und mir meine Uhr im Auftrage des Rasch wieder brachte. Diese Frau, die nach eigener Angabe Witwe ist, in der Allee in Altona, ziemlich gegenüber des Gerichtsgebäudes wohnt, und Grundeigentümerin sein will, wird vielleicht den jetzigen Aufenthalt des Rasch kennen.

Rasch muss ein verkommener Charakter sein, denn inzwischen sind bei mir verschiedene weibliche Personen gekommen, um sich nach seinem Aufenthalt zu erkundigen. Alle haben ihm mehr oder weniger Wertgegenstücke und Geld anvertraut und nicht wieder zurückerhalten. Namentlich ist mir nur die Ww. Glitscher aus Schwerin bekannt, die vor etwa 4 Wochen bei mir erschien und Nachfrage nach Rasch hielt. Sie gab an, dass er sie um hohe Summen und Wertsachen betrogen habe. Sie wollte ihn auch wegen Heiratsschwindel anzeigen. Ich habe den Eindruck gewonnen, dass Rasch nur darauf ausgeht, sich von Frauen ernähren zu lassen. Ein Bild von ihm besitze ich nicht. Rasch ist etwa 1.72 groß, schlank, bartlos, hat aschblondes Haar und geht elegant gekleidet. Bei mir bekommt er bestimmt nichts mehr.«

Anschließend wurden sofort die weiteren Nachforschungen in Altona nach der Witwe in der Allee aufgenommen und diese als die Ww. Johanna Augusta Wilhelmina Guckel geb. Timm gesch. Schrage, geb. 6.1.78 in Hamburg, wohnhaft Allee 140 a ptr. ermittelt.

Im Meldeamt Altona ist und war Rasch nicht gemeldet.

Da beim Ersuchen um Amtshilfe im Krim. Revier Katharinenstraße ein Beamter nicht zur Verfügung stand, wurde allein an die Ww. Guckel herangetreten.

Ihr wurde der wahre Sachverhalt nicht bekannt gegeben, sondern, nachdem sie angegeben, dass Rasch nicht anwesend, gefragt, dass in der Zeit vom 26.3. bis 4.4.22 Schwindeleien in Schwerin verübt worden sind, die Personalbeschreibung auf Rasch zutreffen könnte und ich ihn daher zu befragen hätte.

Die Guckel gab hierauf folgendes an:

»Rasch ist am Donnerstag, den 6.4.22 von hier abgereist, ohne Angabe des Reiseziels, nur mit dem Bemerken, dass er nächsten Tag wiederkehren würde. Bisher war er aber noch nicht wieder hier, hat nichts von sich hören lassen und ist mir somit sein zeitiger Aufenthalt nicht bekannt. Nach seiner Angabe ist er in Kiel polizeilich gemeldet. Rasch ist mein Bräutigam und beabsichtigen wir, uns eventl. Ostern dieses Jahres zu verloben. Er hält sich bei mir immer nur besuchsweise auf und ist sonst auf Reisen. Er macht Vermittlungsgeschäfte in Autos, weiter weiß ich darüber nichts. Soviel ich hörte, war er in dieser Eigenschaft in Oldesloe, Lübeck, Eutin und Kiel. Kennengelernt habe ich ihn hier in Altona Anfang Februar 1922.

Zu der Anschuldigung kann er keinesfalls in Frage kommen, denn die kritische Zeit vom 23. 3. bis 4.4.22 war er in meiner Wohnung und ist zufällig nicht gereist.

Am Sonntag, den 2. April 22 war bei mir die Konfirmationsfeier meines Sohnes Henry, da war Rasch zugegen. Die Feier dauerte bis spät in die Nacht hinein. Am Montag den 3.4.22 haben wir alle, auch Rasch, weit in den Vormittag hinein geschlafen. Auch die folgenden Tage, also den 3.4. und 5. April, hat Rasch hier genächtigt. Dass Rasch täglich anwesend war und somit nicht in Schwerin gewesen sein kann, können sofort bestätigen: 1. Mein Tagmädchen Frieda und 2. Frau Greiff nebenan.«

13 jährg. Schulmädchen Frieda Scharnetzky als Tagmädchen bei Frau Guckel in Beschäftigung, sofort befragt, gab an:

»Ich bin seit Monaten täglich hier beschäftigt und habe Herrn Rasch seit Ende März bis Donnerstag vorige Woche täglich hier gesehen. Am Sonntag war Rasch auch bis Beendigung der Feier dabei. Am Donnerstag, den 6.4. reiste er ab.«

Frau Guckel hat von ihrer Wohnung zwei Zimmer an den Rechtsanwalt Dr. Greiff abvermietet. Dort anwesend war Frau Greiff. Diese anschließend befragt gab an:

»Ich entsinne mit Bestimmtheit, dass Rasch, der mir als Bräutigam der Frau Guckel bekannt ist, von Ende März, das heißt, die letzte Woche im März bis Donnerstag, den 6. April, täglich hier in der Wohnung anwesend war.«

Somit kann wohl als einwandsfrei angesehen werden, dass Rasch für den Mord in Ulsnis nicht als Täter in Frage kommen kann. Ich habe gesehen, dass die Guckel mehr als gut bürgerlich eingerichtet ist, und den Eindruck gewonnen, dass sie auch nicht unvermögend sein wird und Rasch mit Geldmitteln aushilft. Dadurch wäre Rasch keine Veranlassung gegeben, die bestialische Tat in verzweifelter Notlage auszuführen.

Gegen Rasch ist hier nur ein Vorgang erwachsen und befindet sich als einzige Sache in seiner Personalakte.

Der Vorgang betrifft Suchvermerk der Staatsanwaltschaft Berlin wegen Unterschlagung, ist hier aber bereits getilgt.

Unter dem Bericht war der Vermerk: *Diese Sache nicht veröffentlichen.* Carl August sah den Amtsgerichtsrat an. »Schade, dass er nicht als unser Mörder in Frage kommt.«

»Ja, wirklich bedauerlich, ein windiger Bursche, aber leider nicht unser Mann. Schicken Sie eine telegrafische Nachricht an von Kulick.«

*

In der Gesindestube des Klinkerschen Hofes saßen die beiden Dienstmädchen Magdalene Kruse und Marie Beusen unter der elektrischen Lampe, einen Korb mit Flickarbeiten zwischen sich. Magdalene zog einen Wollstrumpf über das Stopfei und Marie besserte ein ausgerissenes Knopfloch an einem Schürzenband aus.

»Das warst du, Johannes«, sagte Marie zu dem Knecht, der am Tisch las und zeigte anklagend auf den Schaden. »Du musst immer an den Schürzen ziehen.«

»Dafür sind sie doch da!« Johannes Greve grinste sie kurz an, dann vertiefte er sich wieder in sein Buch.

»Heute sind Frau Rasch und Nikolaus Schmidt von der Polizei verhört worden.«

»Ich weiß«, sagte Greve, »hab ja Augen im Kopf und Ohren, jeder in Ulsnis weiß das.«

»Was meinst du, wer es war?«, forschte Magdalene weiter.

Greve hob die Schultern. »Wenn ich den Kerl, den Mörder, kriegte und bestrafen könnte, würde ich ihn auf eine Häckselmaschine legen und von unten auf in Scheiben schneiden. Wenn ich ihm dann die Füße abgeschnitten hätte, würde ich Mittag essen gehen und dann in Pausen fortfahren, bis nichts mehr übrig wäre.«

»Ihh, das ist ja gruselig!« Magdalene schüttelte sich.

Greve nickte und las weiter.

»Was liest du denn, wieder einen Kriminalroman?«, wollte Marie wissen.

Greve hielt das Buch hoch, damit sie den Titel sehen konnte.

»*Geronimo* – ach, Indianer.«

»Hmh.«

»Hast du genug von Kriminalromanen?«

Greve gähnte und stand auf. »Nee, aber von Fragen«, sagte er. »Ich les noch im Bett, da ist es gemütlich – kommt ihr mit?« Er lachte. »War nur Spaß«, sagte er und ging.

»Jetzt haben wir ihn vergrault«, sagte Marie.

»Du hast ihn vergrault – ich mach nur noch den Strumpf zu Ende.« Magdalene gähnte. »Osewald hat neue Bücher, da leihe ich mir auch mal wieder was aus.« Der bekam die Bücher immer von seinem Sohn August aus Flensburg, der dort Arbeiter war. Dreihundert Bände hatte der alte Mann bestimmt.

Marie warf die Schürze zurück in den Korb. »Morgen ist auch noch ein Tag«, sagte sie.

»Ja, morgen ist Gründonnerstag. Früher haben wir an dem Tag was Grünes gegessen – Spinat, wenn der schon da war. In diesem Jahr ist er aber noch nicht so weit«, sagte Magdalene.

»Die Nanning nimmt dann eben Kuhfladen!« Marie lachte.

Magdalene warf nun auch den Strumpf in den Korb. »Du bist richtig ekelhaft! Wenn es morgen Spinat gibt, werde ich keinen Bissen runterkriegen!«

*

Kriminalkommissar von Kulick saß unter der trüben Lampe auf seinem Zimmer und schrieb an dem Bericht des Tages, den der Oberstaatsanwalt von ihm erwartete. Mit den Abhörungen war er nicht zufrieden. Aber so war das immer. Schmidt hatte auf ihn einen guten Eindruck gemacht, aber da konnte man sich täuschen. Katharina Rasch hatte er kein bisschen einschüchtern können. Eine unangenehme Person, sehr selbstgefällig.

Die Aussagen würde er morgen an das Amtsgericht schicken. Zuschlag musste demnächst die Rasch und den Schmidt vorladen, dann konnten die Aussagen miteinander verglichen werden. Mehr konnte keiner von so einem Tag erwarten. Der Kriminalkommissar seufzte und schrieb den Bericht zu Ende. Dann zog er seine Kleider aus und legte sich ins Bett. Als er die Augen schloss, sah er Dora Jepsen deutlich vor sich, Dora und ihr Lächeln, das nur ihm galt.

»*So leicht und fest war seine Hand/ er ritt auf einem jungen Pferde/ und mit nachlässiger Gebärde/ erzwang er, dass es zitternd stand.*«

Na also, da war doch die zweite Strophe. Wie schön das Gedicht war, er sah alles genau vor sich. Er hoch und stolz zu Pferde, und dann beugte er sich zu ihr hinunter, schaute ihr in die Augen. Mit einem glücklichen Lächeln schlief der Kriminalkommissar ein.

Sonntag, der 16. April 1922

Ulsnis

Am Ostermorgen war das Wetter weiter mild und sonnig. Carl August Drews hatte schon am Tag zuvor sein Rad gesäubert, geölt und die Reifen aufgepumpt.

»Nach Ulsnis mit dem Fahrrad?«, fragte Mathilde Clausen erstaunt. »Auf der Ostsee sind einige Dampfer festgefroren. Die Besatzung hatte Glück, dass die *Hannover* als Eisbrecher ausgerüstet ist und die Eingeschlossenen mit Lebensmitteln versorgen konnte.«

Carl August sah sie zweifelnd an. »Auf der Ostsee?«

Mathilde nickte. Doch dann räumte sie ein, dass es in der Nähe von Riga gewesen sei, und lachte.

Da musste er auch lachen. »Heute Abend bin ich zurück«, sagte er und schob sein Rad durch den Vorgarten. Gelbe Krokusse hatten ihre Kelche weit geöffnet. Es sah ganz danach aus, als sei der Winter vorbei.

Auf der Straße schwang Carl August sich in den Sattel und trat in die Pedale. Über Königstein, Grödersby und Lindaunis wollte er fahren. Auf dem Rückweg konnte er einen Abstecher nach Arnis machen, sich die kleine Fischersiedlung ansehen und mit der Fähre übersetzen lassen.

Ein leichter Wind schob ihn. Wie herrlich das war. Viel Volk war unterwegs, zu Fuß oder in offenen Kutschen, auch viele Radfahrer begegneten ihm, kaum ein Automobil. Familien und Paare waren in Festtagslaune und Kinder mit Körben auf der Suche nach bunten Eiern.

Er fuhr durch sanft hügelige Landschaft, auf den Feldern spross das erste Grün, in den Knicks leuchteten gelb blühende Büsche und dicke Weidenkätzchen. Eine Hummel flog summend an ihm vorbei. Carl August fühlte sich leicht und unbeschwert, nahezu übermütig. So wollte er weiterfahren, über Schleswig hinaus bis an die Nordsee, das wäre ein richtiges Abenteuer.

Hinter Arnis fuhr er eine Weile direkt an der Schlei entlang. Ein Dampfer zog vorüber, seine Wellen brachten das gelbe Röhricht in Bewegung und ließen die balzenden Haubentaucher auf und ab tanzen.

In Lindaunis kehrte er in einen Gasthof ein und aß das Mittagsgericht. Er bestellte ein Bier und studierte die Landkarte. Als er weiterfahren wollte, spürte er seine Beine, auch der Sattel drückte, außerdem ging es nun mehr bergauf. Die Lust, bis an die Nordsee zu radeln, verging. Er war froh, als er endlich Ulsnis erreichte.

Die Sonne verschwand hinter Wolken, gerade als er am Friedhof war. Neben dem frischen Grab standen Leute. Carl August meinte ihre Blicke zu spüren. Natürlich, hier sah man jeden Fremden genauer an.

Er fand den Klinkerschen Hof ohne Schwierigkeiten am Ende des Dorfes. Drei Gebäude grenzten einen weiten Hofplatz ein. In der Mitte war eine Tränke. Das Haupthaus auf der linken Seite war aus gelben Ziegelsteinen. Die Reihe der Bäume zu beiden Seiten des Eingangs erreichten mit ihren Kronen bereits das Dach. Ihm gegenüber war anscheinend der Pferdestall, denn von dort kam verhaltenes Wiehern. Die Bäume davor würden das Fachwerkhaus im Sommer unten ihren Blättern verschwinden lassen. Die Längsseite des Hofes wurde von einer riesigen Scheune eingenommen.

Das war ein stolzer Besitz, wirklich nicht zu vergleichen mit der Gärtnerei.

Er wollte schon weiterfahren, da kam ein Mann mit einem Pferd aus dem Stallgebäude, er führte es am Halfter. Der Braune warf den Kopf hoch und tänzelte unruhig. Sein Fell war blank, es glänzte wie eine Kastanie. Der Mann klopfte dem Tier beruhigend den Hals. Seine Haare waren so hell wie die Pferdemähne. Ein Schwalbenpaar schoss laut zwitschernd über den Hof, der Mann sah den Vögeln nach und dabei bemerkte er den Fremden auf der Straße. Ruhig wandte er sich wieder dem Pferd zu und ging weiter.

Nur Carl August war zusammengezuckt, nicht so sehr, weil er sich als neugieriger Mensch ertappt fühlte. Der Mann hatte ein blaues Auge! Das Telefongespräch, das der Postbeamte mitgehört hatte, fiel ihm ein. Doch wie viele Männer in Ulsnis mochten ein blaues Auge haben? Pferd und Mann querten ohne Hast den Hof. Das Klappern der Hufe klang noch eine Weile nach, als Carl August sich wieder auf sein Fahrrad schwang. Ob das Wienke, der Knecht Greve oder der Verwalter Schmidt, der jetzt unter Verdacht stand, gewesen war?

Carl August wollte nun zurückfahren, aber dann bog er von der Dorfstraße nachts rechts ab, um hinunter an die Schlei zu kommen. Ein Stückchen Blau blitzte weit unterhalb auf, dann verdeckten die Knicks, die die Felder einfassten, die Aussicht. Zu beiden Seiten der Straße gab es Gräben. Das war kein Weg, den er bei Dunkelheit nehmen wollte. An der Mordstelle standen Leute. Carl August grüßte, sie sahen ihm schweigend und misstrauisch nach. Nun, das konnte er ihnen nicht verdenken. Hier im Ort war man weit davon entfernt, Osterfreude zu empfinden. Sein Rad holperte und schlingerte in den ausgefahrenen Wagenspuren abwärts, doch bis an die Schlei hinunter brauchte er nicht zu treten.

Im Garten des Fährhauses waren alle Tische besetzt, auch unter den alten Bäumen am Strandhotel saßen die Menschen. Zwischen sonntäglich gekleideten Spaziergängern liefen Kinder auf dem Uferweg umher, ein Dampfer legte mit lautem Tuten ab. Carl August blieb eine Weile stehen und sah sich das Treiben an, doch dann verdeckten wieder Wolken die Sonne und vom Wasser wehte es kalt heran. Da wollte er sich doch lieber auf den Rückweg machen. Er musste mächtig in die Pedale treten, um den Berg wieder hinaufzukommen.

Als er ein Stück nach der Kirche ins freie Feld kam, wurde es deutlich kälter, der Wind kam ihm entgegen, eine dunkle, fast schwarze Wolkenwand zog rasch näher. Das sah ganz nach einem richtigen Unwetter aus. Wenig später fing es an zu regnen. Carl August fuhr mit gesenktem Kopf, denn die Regentropfen kamen wie Eisnadeln herangeschossen, Schneeflocken und Hagelschauer mischten sich in den Regen. In der Ferne donnerte es. Das war ein Temperatursturz, wie es im April manchmal vorkam. Er dachte daran, das Unwetter an einem geschützten Platz abzuwarten. Doch dann käme er in die Dunkelheit und das wäre weitaus unangenehmer. Wer konnte wissen, wie lange der Regen anhielt. Lieber weiterfahren, in Bewegung und warm bleiben. Wasser spritzte von der Straße hoch und durchweichte seine Schuhe. Die Nässe drang bald auch von oben durch seine Kleidung. Mehrmals geriet er auf der aufgeweichten Straße ins Rutschen. Wenn er stürzte und liegen bliebe, wäre das fatal, so bald würde ihn hier keiner finden. Er dachte an seine Wirtin und an die Wärme in ihrer Küche. Er biss die

Zähne zusammen und fuhr weiter und weiter, ohne Zeitgefühl. Irgendwann spürte er den Regen nicht mehr, vielleicht hatte der sogar ganz aufgehört. Als er endlich über die Pontonbrücke nach Ellenberg fuhr, war es bereits Nacht geworden.

Montag, der 17. April 1922

Ein blaues Auge

Carl August wachte auf, sein Kopf schmerzte. Er lag nackt im Bett und über dem rechten Auge ertasteten seine Fingerspitzen eine dicke Beule. Was war geschehen? Er konnte sich nicht erinnern. Ob seine Wirtin das wusste? Im Zimmer war es dämmerig, der Tag musste längst begonnen haben, jedenfalls krähte der Hahn. Er wollte aufstehen, da klopfte es leise an die Tür, und er zog wieder die Decke über sich.

»Sind Sie wach? Was ist mit Frühstück?« Sie schob die schweren Gardinen zur Seite. Ein Streifen Sonnenlicht kam herein, grell leuchtete die Vase mit den Osterglocken auf, so dass er die Augen schließen musste. Hühner gackerten, und von der Schlei her tönten die Sirene eines Dampfers und das vertraute Gepucker von Schiffsmotoren.

»Was ist passiert? Ich weiß gar nichts mehr.« Nur ein Traum schwirrte durch seinen schmerzenden Kopf, aber davon wollte er ihr nichts erzählen.

»Vielleicht ist es besser, wenn Sie nichts wissen«, sagte Mathilde Clausen.

»Nein, bitte sagen Sie mir die Wahrheit!« Carl August glaubte, dass das Nichtwissen viel schwerer zu ertragen sein würde. »Wer hat mir denn die Beule verpasst?«

»Die wird noch grün und blau werden. Schmerzt es sehr?« Sie legte ihre kühle Hand auf seine Stirn.

»Das tut gut, bitte lassen Sie die Hand da.«

Sie sah ihn mit so einem liebevollen Lächeln an, dass er sich augenblicklich besser fühlte. Dann schob sie sein

Federbett zur Seite und setzte sich auf die Bettkante. »Ich habe mir Sorgen gemacht, als das Unwetter losbrach, hatte aber gehofft, Sie hätten irgendwo Schutz gesucht.«

»Da war nichts«, murmelte Carl August. Nun fiel ihm die schlimme Fahrt ein.

»Sie müssen beim Absteigen gestürzt sein. Ich fand Sie an der Gartenpforte unter ihrem Rad liegend. Dabei werden Sie sich den Kopf angeschlagen haben.«

»Davon weiß ich nichts. War ich bewusstlos?«

»Mehr oder weniger, aber mit etwas Unterstützung von Ihnen konnte ich Sie ins Haus kriegen. Hier brachen Sie vollkommen zusammen. Sie waren in einem schrecklichen Zustand, durch und durch nass.«

»Eiskalt und dreckig.« Langsam erinnerte er sich auch daran.

»Was sollte ich machen? Sie haben am ganzen Körper gezittert, waren weiß wie ein Gespenst und hatten blaue Lippen.«

»Einen hübschen Anblick habe ich geboten, es tut mir leid.«

Mathilde holte Luft. »Ich musste Ihnen das nasse Zeug ausziehen«, begann sie stockend, »habe Sie trocken gerieben und ins Bett gesteckt. Aber Sie hörten nicht auf zu zittern, trotz der ganzen Decken. Sie wurden einfach nicht warm, das Zittern hörte und hörte nicht auf. Was hätte ich denn tun sollen?«

Verlegen sah sie in ihren Schoß.

Es war also kein Traum gewesen. Sie hatte ihn mit ihrem Körper gewärmt, hatte ihn gestreichelt und in ihren Armen gehalten. Das hatte ihn wahrhaftig gerettet. Eine heiße Welle von Freude und Glück wogte in ihm auf. Er nahm ihre Hand. »Waren wir nicht längst beim Du?«

Ihre Wangen nahmen eine leichte Röte an. »Wir können aber so tun, als wäre nichts gewesen – wenn – nun, ich meine, wenn es dir so lieber ist.«

Carl August legte sich zurück, ohne ihre Hand loszulassen. »Wir könnten heiraten«, sagte er mit weicher Stimme.

Mathilde sah ihn erstaunt an. Dann fing sie an zu lachen. Sie lachte und lachte, alle Scham und Spannung lachte sie fort, und sie schüttelte dabei den Kopf.

Er wartete ab, bis sie sich beruhigt und die Tränen aus den Augen gewischt hatte.

»Entschuldige«, sagte sie mit bebender Stimme.

»Und, was ist daran so lustig?«

Sie sah ihn stumm an, nur ihre Augen funkelten, als wollte sie gleich wieder in ein Lachen ausbrechen.

Vielleicht fand sie ihn zu jung. War es verrückt, ans Heiraten zu denken, nur weil sie einmal …? »Hättest du denn etwas dagegen, mich wieder zu wärmen?«, wagte er zu fragen. Er sah sie bittend an.

»Jetzt, vorm Frühstück?«

Er nickte ermutigend. »Ja, ich möchte das noch einmal mit klarem Verstand erleben«, sagte er.

Und dann zog er sie sanft in seine Arme.

Dienstag, der 18. April 1922

Hyazinthen

Carl August musste seltsame Blicke ertragen und launige Bemerkungen im Amtsgericht über die Beule auf seiner Stirn anhören.

»Hoffentlich werden Sie jetzt nicht mit dem gesuchten Verbrecher verwechselt«, spottete Zuschlag.

»Es war keine Absicht«, entgegnete Carl August und sah ihn ernst an, »aber meine Wirtin – ich wollte die Buchweizengrütze nicht essen und dann …«

»Mathilde Clausen? Eine erstaunliche Frau!« Zuschlag hob eine Augenbraue, lächelte und fragte nicht weiter.

Die zwei Wochen nach Ostern waren mit viel Arbeit im Amtsgericht ausgefüllt. Der Rechtsanwalt Dr. Schmidt schickte ein Schreiben, in dem es hieß, Katharina Rasch sei Alleinerbin des Nachlasses, dessen Wert abzüglich der Schulden auf neunhunderttausend Mark festgestellt worden war.

Zuschlag diktierte einen Brief an den Oberstaatsanwalt und fragte an, ob es schon feststünde, dass die Kinder gemeinsam mit der Mutter gestorben seien.

Die mit der Hand geschriebenen Aussagen von Katharina Rasch und Nikolaus Schmidt waren abzutippen.

Die Eckernförder Zeitung schickte eine Rechnung für die Anzeige: *Belohnung 100 000 Mark für Hinweise zur Ergreifung des Täters.*

»783 Mark, viel zu teuer«, knurrte Zuschlag. Er diktierte einen Brief und erreichte, dass fünfzehn Prozent Rabatt gewährt wurden.

Zwei Briefe, die Friedrich Rasch an seine geschiedene Ehefrau geschrieben hatte, in denen deutlich wurde, dass er sich ihr wieder zu nähern suchte, konnten sie dank der Postsperre lesen.

»Wollte er sich nicht Ostern verloben?«, fragte Zuschlag.

»Mit der Witwe Guckel und nur eventuell.« Carl August lachte.

Auch ein Brief von Margarethe Ryborg kam aus Hamburg.

Liebe K. hoffentlich bist Du wohlauf und hast keine unnötige Aufregung gehabt. Wir suchen täglich in der Zeitung nach einer neuen Meldung, leider scheinen sie den Mörder noch nicht zu haben. Hat Herr M. Dich wohl beehrt? Hoffentlich ist Dein Besuch von hier eingetroffen, so dass Du alle Hände voll zu tun hast.

»Ob M. Marxen ist?«

»Könnte auch Matthiesen sein.«

»Möglich, möglich«, murmelte Zuschlag.

Er ging weiteren Gerüchten nach. So hatte ein Fischer Marxen beim Mordhause gesehen. Ein Hotelbesitzer in Schleswig hatte Friedrich Rasch mit dem Motorrad und in Lederkleidung erkannt.

»Man kann in zwei Stunden von Hamburg hier sein«, sagte Zuschlag und diktierte einen Brief an den Oberstaatsanwalt.

Über den Nachlass der Witwe Schmidt wurden die Nachlasspfleger eingesetzt, Bürovorsteher Walter aus Kappeln und Tüxen aus Ulsnis.

Dann traf wieder ein Schreiben des Rechtsanwalts Dr. Schmidt im Auftrag von Katharina Rasch ein.

Er beantragte, die Postsperre aufheben zu lassen, da seine Klientin nicht mit einem Beschuldigten in Briefwechsel gestanden habe. Sie klage darüber, dass durch die mit der Postsperre verbundenen Verzögerungen – sie erhalte die Post durchschnittlich fünf Tage später – die Stellen besetzt und die Waren längst verkauft seien, jedenfalls erheblich teurer geworden seien, als zur Zeit des Einganges der betreffenden Briefschaften.

Carl August hatte Briefe an die Postagentur Steinfeld, die Posthilfsstelle Ulsnis, Postamt Süderbrarup, an den Rechtsanwalt und an den Oberstaatsanwalt zu schreiben mit dem Inhalt, dass die Postsperre für Katharina Rasch in vollem Umfange aufzuheben sei.

Auch Zeugen meldeten sich, die einen, weil sie an Katharina Rasch keine Trauer bemerkt hatten, andere, weil sie nicht grüßte und puterrot angelaufen sei.

»Sehr verdächtig«, fand auch Carl August.

Er erledigte alle Arbeit, ohne zu murren, mit dem Herzen und seinen Gedanken war er jedoch bei Mathilde.

*

Nach der Arbeit eilte Carl August durch die dunklen Gassen von Kappeln, ließ das Amtsgericht, Zuschlag und die Mordsache hinter sich, obwohl er diese in gewisser Weise immer mit sich herumtrug. Seit er jedoch Mathilde als seine Frau betrachtete und er sich mit ihr über die zäh vonstattengehende Arbeit und die diversen nutzlosen Untersuchungen unterhalten konnte, war ihm erheblich leichter ums Herz.

Nur etwas belastete ihn: Mathilde wollte ihn nicht heiraten.

»Wo denkst du hin, ich mache mich doch nicht zum

Gespött der Leute und heirate einen zwanzig Jahre jüngeren Mann!«

Eines Tages würde er eine Frau in seinem Alter finden und Kinder haben, das sei der natürliche Lauf der Dinge, hatte sie auch noch gesagt.

Carl August war entsetzt, er wollte doch nur sie! Zweifelte sie an seiner Liebe, nur weil es seine erste war? »Aber gegen einen jungen Liebhaber hast du nichts!«

»Das ist doch ganz was anderes.« Sie lachte, sie lachte ihn aus. Sie verlangte sogar von ihm, dass sie für die Öffentlichkeit beim Sie bleiben müssten, das ginge einfach nicht anders, das müsse er verstehen.

»Das ist ja nicht schwer«, hatte er gespottet.

Sie kamen nirgendwo gemeinsam hin, nur einmal in der Woche zur Chorprobe. Da war es ihm gestattet, sie zu begleiten. Pfingsten würde er seinen ersten öffentlichen Auftritt als Solist in Sankt Nikolai haben. Er merkte wohl, dass sie stolz auf ihn war, weil er gleich viel Anerkennung gefunden hatte. Aber das war keine Kunst, er hatte schon im Schulchor gesungen. Ob sie, wenn er nur Geduld hätte, es sich anders überlegte?

Der Duft von Hyazinthen ließ ihn innehalten. Von seiner Mutter kannte er das Gedicht eines dänischen Verfassers. Darin hieß es ungefähr: *Nun im Frühling scheint die Sonne endlich wieder, das ist ein Wetter, ein Sonnenscheinwetter und die Frau brachte ihrem Liebsten Hyazinthen, Hyazinthen in allen Farben, nur um ihm zu sagen, mein Liebster, der Winter ist vorbei.*

»Oh, bitte ...«

Die alte Frau, die dabei war, die Gefäße mit den Blumen in den Laden zu räumen, blieb auf seinen Ruf hin stehen und sah ihn über die weißen, blauen und rosa Blüten hinweg fragend an.

»Ich möchte Hyazinthen«, sagte er.

»Ja, im Frühling braucht man Hyazinthen für seine Liebste«, sie lächelte. »Verliebte bekommen sie zum halben Preis.«

»Dann«, sagte er mit einem Lachen, »geben Sie mir alle!«

Sie nickte und wickelte die Blumen in Zeitungspapier und blieb vor dem Laden stehen, um ihm nachzusehen, wie er mit dem Frühlingsduft im Arm zu seiner Liebsten eilte. Dann rieb sie sich fröstelnd über die Arme und trug die restlichen Gefäße in den Laden.

Freitag, der 28. April 1922

Gerüchte

Die Erde war nach dem Regen der letzten Nacht schwer.

Johannes Greve munterte die Pferde auf. »Hans und Lotte, man los!«

Schmidt hatte ihm gesagt, er solle nicht alleine pflügen, aber der bestellte Landmann war nicht erschienen. Die Hälfte des Ackers würde er wohl ohne ihn bis zum Mittag schaffen, wenn er sich ranhielte. Auch auf den anderen Äckern waren Gespanne bei der Arbeit, sie zogen Möwen hinter sich her, so wie die Fischerboote auf der Schlei. Im Garten von Tollgard, der an den Klinkerschen Acker grenzte, waren drei Mädchen dabei, das Unkraut zu jäten.

Greve pflügte weiter, und als er dann auf gleicher Höhe mit den Mädchen war, zog er die Zügel an und ging ein paar Schritte hinüber zum Zaun. Luise Kruse sah nicht auf, sondern hackte weiter in dem Beet. Er zündete sich eine Zigarette an und ging näher hin. »Na, was macht ihr denn so?«

Luise richtete sich auf und stützte sich auf die Hacke. »Siehst du doch, wir sind auf der Suche nach Ostereiern.«

»Jetzt, wo du es sagst ...« Er grinste.

Luise machte sich wieder ans Hacken, ihre Schwestern guckten schon herüber.

»Im Dorf erzählt man sich jetzt, dass ich die vier Menschen erschlagen hab.«

Luise hielt inne und sah ihn an. »Na, dann kann man ja bange vor dir sein!«

»Bist du's nicht?«

Luise lachte nur und machte weiter mit der Hackerei.

Er schwieg eine Weile, rauchte und sah ihr zu. Vielleicht konnte er ein neues Gerücht in die Welt setzen. »Wenn alles gut geht, werde ich mich Pfingsten mit Frau Rasch verloben«, sagte er.

Sie sah verblüfft auf. »Johannes Greve, du bist ja noch nicht mal bange vor dir selbst.« Sie kicherte.

»Luise!«, riefen die Schwestern.

Sie warf ihm noch einen Blick zu, dann ging sie.

»Wirst du auch auf dem Knechteball sein?«, rief er ihr nach.

Sie drehte sich kurz um. »Weiß ich noch nicht.«

Er lachte und rauchte die Zigarette zu Ende. Dann machte er sich wieder an die Arbeit.

Am Sonntag wollte er mit dem ersten Dampfer zu seinen Eltern fahren, die in Ahrensberg wohnten, und als Tagelöhner auf dem Gut Louisenlund arbeiteten. Er hatte sich schon die Genehmigung geholt und durfte einen Lastwagen mitnehmen, denn er wollte sich einen Schrank und Zeug von zu Hause mitbringen. Am 1. Mai wollte er zurück sein. Seine Eltern hatten bei seinem letzten Besuch versprochen, ihm fünfhundert Mark zu leihen. Er musste sich endlich einen neuen Anzug und einen Hut zulegen. Dann konnte er sich auch auf einem Ball sehen lassen. Die jungen Leute in Ulsnis gingen alle gut gekleidet. Etwas Trinkgeld, das er manchmal sonntags bekam, hatte er sich auch zusammengespart. Mit dem Lohn für April, den er am Sonntag erhielt, müsste das für die Anschaffung reichen.

Seine Schwester Wilhelmine wollte mit ihm nach Schleswig kommen, um ihn beim Kauf zu beraten.

Johannes wendete das Gespann am Ende des Ackers und schaute zurück. Das Ganze sah ordentlich aus, das konnte er dem Schmidt vorweisen. Er trieb die Pferde wieder an.

Ob sich das neue Gerücht verbreiten würde? Ob das klug gewesen war, so etwas zu sagen? Der Hafer hatte ihn gestochen. Er konnte immer noch erzählen, das sei alles ein Scherz gewesen.

Wie das wohl wäre, wenn er mit einer eleganten Kutsche nach Hause käme? Was würde Mutter für Augen machen! Und auch der Vater wäre das erste Mal mit ihm zufrieden. Johannes malte sich seine Ankunft in bunten Farben aus. Er, der Knecht Johannes Greve, war der Herr vom Klinkerschen Hof …

Ihm fiel der Tag seiner Entlassung aus dem Gefängnis ein, wie er sich sehnlichst zu Hause Bratkartoffeln gewünscht hatte. Vom frühen Morgen bis zum Abend hatte die Bahnfahrt von Glückstadt aus gedauert. Er hatte sich geschämt, in die Heimat zurückzukehren. Seine Schwester Maria hatte ihn nicht am Bahnhof abholen wollen, aber Wilhelmine. Er war ins Gefängnis gekommen, weil er dem alten Nachbarn Geld aus der Matratze gestohlen hatte. Das meiste Geld hatte er auf dem Jahrmarkt von Eckernförde ausgegeben, nur weil er der schönen Grete imponieren wollte.

Die Mittagsglocke unterbrach seine Gedanken. Er spannte die Pferde aus. Auch sie waren hungrig und durstig und brauchten eine Pause. Danach konnte es weitergehen.

*

Katharina Rasch stand zur Anprobe ihres Kleides auf einem niedrigen Schemel, während Schneiderin Oesfeld mit Stecknadeln im Mund um sie herumstrich, hier und dort zupfte und neu steckte. Das alte Fräulein Ohlsen stand daneben, mit schräg gelegtem Kopf, Mäuseaugen und geschürzten Lippen.

Katharina wagte nicht zu atmen, aus Sorge, die Nadeln könnten in ihr Fleisch dringen. Sie hatte geglaubt, es sei ein guter Einfall, den Besuch aus Hamburg mit dem Anfertigen neuer Kleidung zu beschäftigen. Doch dadurch dehnte sich der Aufenthalt in die Länge und ein Ende war nicht abzusehen. Sie hatten in Schleswig nicht nur dunkelblauen Cheviot gekauft, auch weich fallenden Kattun für ein Sommerkleid.

Bei ihrem Einkauf war sie noch alleine in der Buchhandlung von Liesegang gewesen, so wie sie es immer machte. Sie hatte die Neuerscheinungen angesehen, auch das umstrittene Buch von Joyce, *Ulysses*. Die ersten Seiten waren nicht überzeugend, und sie war im Augenblick nicht in der Verfassung, lange Romane zu lesen. Immer schweiften ihre Gedanken ab, es war viel zu viel Unruhe hier, und in ihr. Sie war dann mit dem Buch von Katherine Mansfield, *Gartenfest,* gegangen. Kurze Erzählungen konnte sie gerade noch verkraften.

Beinahe täglich kam der Landjäger mit argwöhnischer Miene und Nachfragen vorbei. Der Nachlasspfleger Walter mischte sich ein, im Dorf wurde offen darüber gesprochen, dass sie und ihr Verwalter die Tat begangen hätten. Offenbar glaubte niemand daran, dass es einer von Helenes Liebhabern gewesen war.

Sie hatte schon daran gedacht, den Schmidt zu entlassen – aber würde sie das nicht erst recht verdächtig machen?

»Asymmetrie ist jetzt Mode und Kimonoärmel.« Damit unterbrach die Oesfeld Katharinas Überlegungen. »Im Sommer werden schlichte Hängekleider aus Organdy, Tüll oder Voile getragen.«

»Das kann man meinetwegen in Berlin tun«, sagte Katharina.

Was sollte sie auf dem Land mit modischem Schnickschnack? Überheblich waren die Städter immer noch, selbst wenn sie vom Morgen bis zum Abend für andere Leute Kleider nähen mussten, nur um satt zu werden. Sie bildeten sich ein, etwas Besseres als die Landbevölkerung zu sein.

Die Buchhändlerin hatte ihr Andersen Nexøs Werk *Stine Menschenkind* empfohlen. Mit Kommunisten und ihren Ideen hatte Katharina nichts im Sinn. Die Menschen waren gewiss nicht gleich. Da brauchte man sich nur hier auf dem Hof umzuschauen.

»Die Mehrheit ist eine Schafherde, dann gibt es Hunde und darüber den Hirten.« So hatte ihr Vater das früher erklärt, und sie hatte das immer wieder bestätigt gefunden. Um sich aus der Masse der Schafe zu erheben, bedurfte es Intelligenz und Entschlossenheit. Auch der Wille, sein Schicksal selbst in die Hand zu nehmen, war nötig. Dazu waren die wenigsten bereit.

Sie hatte immer kämpfen müssen und nun endlich erreicht, dass die Postsperre aufgehoben wurde. Es war nicht leicht, sich als Frau ohne Mann im Rücken zu behaupten.

»Aua!« Nun hatte die Oesfeld es doch geschafft, sie zu stechen. Katharina verzog das Gesicht. Fräulein Ohlsen kicherte hinter vorgehaltener Hand. Es war zum Aus-der-Haut-Fahren! Katharina sprang vom Schemel.

In dem Moment klopfte es. Käthe Nanning kam herein. »Karl Matthiesen möchte Ihnen seine Aufwartung machen.«

»Jetzt nicht, er soll mich morgen aufsuchen«, sagte Katharina barsch, aber als sie das erschrockene Gesicht ihrer Stütze sah, fügte sie in freundlicherem Ton hinzu: »Ich bin beschäftigt, sagen Sie ihm, es täte mir leid.«

Käthe Nanning nickte und schloss die Tür hinter sich.

»Nur noch der Saum«, bat die Schneiderin.

Katharina stellte sich wieder auf den Schemel, Fräulein Ohlsen reichte Stecknadeln an. Nikolaus Schmidt hatte erzählt, dass Matthiesen nachts auf dem Friedhof herumlief. Fast jeden Tag ließ er sich hier auf den Hof sehen, um über seinen Verlust zu reden. Helene, ach Helene – damit wurde sie auch nicht wieder lebendig.

Freitag, der 5. Mai 1922

Lagebesprechung

Von Kulick lehnte sich nach dem Essen zurück und sah der Wirtin zu, die mit zum Wetter passendem Gesicht – es regnete seit zwei Tagen – das Geschirr abräumte.

Ulsnis war gewiss ein aufstrebender Badeort, doch durch die schlechte Wirtschaftslage konnten sich die Deutschen kaum noch Urlaub leisten. Der Mordfall hatte ein Übriges dazu getan, dass die Gästezimmer leer blieben. Viele Fremde kamen zwar aus Neugierde, planten aber nicht, einige Tage zu bleiben, in der Schlei zu baden und die frische Luft zu genießen. Ausländer, für die ein Urlaub in Deutschland so billig wie noch nie war, kamen sowieso nicht nach Ulsnis, sie logierten in mondänen Kurorten, und Heilbädern wie Baden-Baden.

Jetzt wurde auch noch sein Zimmer frei. Seine Sachen waren gepackt, er wurde in Kiel gebraucht. Holst würde weiter auf Wunsch und Kosten der Gemeinde vor Ort bleiben. Er hatte ihm eingeschärft, ihn umgehend, beim Zutagetreten auch nur des geringsten Verdachtsmoments, telefonisch zu verständigen.

Holst, der sich gleich nach dem Essen eine Zigarre angesteckt hatte, paffte genüsslich. Landjägermeister Chmella wedelte den Rauch mit der Hand fort. Ihn hatte von Kulick zum Mittagessen eingeladen, um noch einmal zu dritt die Lage zu besprechen. Schon mehr als ein Monat war seit dem Mord vergangen, und sie konnten kein greifbares Ergebnis vorweisen. In der Bevölkerung und der Presse wurde der Unmut darüber lauter. Vielleicht hatten sie doch einen Hinweis übersehen.

Der Kriminalkommissar beugte sich vor und fragte Chmella nach neuen Erkenntnissen.

Jemand hatte den geschiedenen Mann der Frau Rasch am Mordtage in Schleswig auf einem Motorrad gesehen.

Von Kulick winkte ab. »Davon habe ich auch schon gehört, das halte ich für eine Täuschung, Rasch hat ein einwandfreies Alibi.«

»Ist Ihnen ebenfalls zu Ohren gekommen, dass der Verwalter Nikolaus Schmidt seine Stellung auf dem Klinkerschen Hof aufgeben musste?«

»Wie das?«

»Nicht freiwillig«, sagte Chmella mit Genugtuung. »Der Nachlasspfleger hat ihn wegen Gehorsamsverweigerung entlassen. Er weigerte sich bei der angesetzten Versteigerung von Vieh, den Stall zu öffnen. Er ist jetzt Verwalter in Ekenis.«

»Interessant.« Von Kulick glaubte zwar persönlich nicht an die Schuld des Verwalters, aber wenn man eine Mittäterschaft annähme, so könnte die Entlassung ein gewisser Schachzug sein.

»Die beiden Dienstmädchen, die sechzehnjährigen – wie hießen sie gleich noch mal?«, überlegte der Kriminalkommissar laut.

»Marie Beusen und Magdalene Kruse«, half Holst aus.

»Richtig, die sind auch nicht mehr auf dem Klinkerschen Hof beschäftigt«, fiel ihm nun ein.

»Sie hatten nur bis Ende April abgeschlossen und arbeiten auf verschiedenen Höfen, die eine in Kius, die andere in Hestoft«, sagte Chmella.

»Dann arbeiten auf dem Klinkerschen Hof nur noch die Stütze Käthe Nanning, Tagelöhner Osewald und der junge Knecht Johannes Greve«, sagte von Kulick nachdenklich.

»Nicht zu vergessen: Wilhelm Wienke und der neue Verwalter Gerd Drews, sowie das neue Dienstmädchen Bertha Schmidt.« Chmella schwieg eine Weile und sah durchs Fenster einem durchnässten Lastwagengespann hinterher, dann wandte er sich wieder an den Kriminalkommissar. »Ich muss den Verdacht der Täterschaft gegen Frau Rasch aufrecht halten«, sagte er.

Von Kulick beugte sich vor.

»Ich habe einige Male mit ihr gesprochen. Aus ihrem Verhalten geht ein tief sitzender Hass gegen ihre Stiefschwester hervor. Sie hat sich abfällig über sie geäußert, wegen ihres Verhältnisses mit dem Maurermann Ludewig.«

Von Kulick wusste von der pikanten Geschichte, die auch jeder im Dorf mit einem Glitzern in den Augen erzählen konnte. Helene hatte ihren Mann so lange nicht ins Schlafzimmer gelassen, bis ihr Galan sich in Sicherheit gebracht hatte.

»Witwe Schmidt soll jeden gewöhnlichen Schwof mitgemacht haben«, fuhr Chmella fort, »und habe an der Tür bis zu fünf Stunden gelauert, dass bloß ein Mann mit ihr ginge – was ich allerdings von keinem, den ich danach fragte, bestätigt erhielt. Auch glaubte Katharina Rasch, ihre Schwester sei schwanger gewesen, was laut Obduktionsbericht nicht der Fall war.«

»So ist es.« Der Kriminalkommissar nickte.

»Als ich ihr entgegenhielt, dass Lene doch an dem Abend der Tat nicht mit einem Manne auf den öffentlichen Weg gegangen sein würde, weil sie einen geschlechtlichen Verkehr doch besser im Hause oder auf einem Strohlager in der Tenne haben könne, sagte sie, auch das sei ihrer Schwester egal gewesen. Draußen sei ja der Wald und die Tannen.«

Holst vergaß an der Zigarre zu ziehen. »Ach … und der Streit der Schwestern ging um das Waldgrundstück, dass die Rasch auch noch haben wollte«, warf er ein.

Von Kulick sah ihn irritiert an.

»Niemand im Ort glaubt noch an eine Tat aus Eifersucht – nur die Frau Rasch.« Der Landjäger beugte sich über den Tisch. »Und das neueste Gerücht – vielleicht haben Sie davon gehört – in der Familie Klinker sind zwei Familienmitglieder an Wahnsinn erkrankt!«

»Tatsächlich?«

Asche fiel auf den Tisch. Holst wischte sie mit der Handkante zu Boden. Auf dem Tischtuch blieb ein grauer Streifen.

»Wahnsinn in der Familie – das werden wir überprüfen müssen! Wir brauchen Beweise, sonst können wir ihr nicht beikommen.« Von Kulick fühlte sich wie von neuer Kraft durchströmt. »Holst, bevor ich abreise, werden wir die Nervenheilanstalt in Schleswig aufsuchen. Ich kann danach mit dem Spätzug weiter nach Kiel fahren.«

»Dann sollten wir uns wasserdicht verpacken«, sagte Holst nach einem Blick aus dem Fenster und erhob sich.

*

Am Sonntagabend schickte Kriminalkommissar von Kulick seinen ersten Bericht aus Kiel an das Amtsgericht, in dem unter anderem zu lesen war:

Es war bisher nicht bekannt geworden, dass in der Familie Klinker mehrere Angehörige an Wahnsinn erkrankt sind. Wie nunmehr in Erfahrung gebracht, ist ein Bruder des verstorbenen Marquard Klinker in einer Nervenheilanstalt an Wahnsinn gestorben. Ein Neffe der Frau Rasch, Sohn der Schwester ihres verstorbenen Vaters, befindet sich noch heute als unheilbar Geisteskranker in einer Nervenklinik. Wenn man auch zu dem Schluss kommt, dass die Tat mit voller Überlegung ausgeführt ist, so kann man sich nunmehr des Gedankens auch nicht erwehren, was Bestialität und Ruchlosigkeit anbetrifft, dass die Verübung der Tat eine Wahnsinnstat ist. Es gehört schon ein Mensch mit eisernen Nerven dazu, solch scheußliches Verbrechen zu begehen, und solche Nerven soll, wie allgemein behauptet wird, die Frau Rasch besitzen. Wer diese Frau nicht näher kennengelernt, sich mit ihr unterhalten und sie im geheimen beobachtet hat, muss zu dieser Ansicht kommen.

*

Käthe Nanning lag mit offenen Augen in ihrem Bett. Es war so still im Haus, dass sie glaubte, die Mäuse auf dem Dachboden über sich zu hören.

Das Leben auf dem Klinkerschen Hof hatte sich sehr verändert. Statt der zwei Dienstmädchen war nur ein neues eingestellt worden. Bertha Schmidt war zwar tüchtig, doch alles konnte sie gar nicht schaffen. So blieb viel an Käthe hängen. Waschtag hatten sie gehabt, ihre Arme schmerzten. Frau Rasch war häufig auf Reisen. Von einem Rechtsanwalt in Kappeln fuhr sie nach Flensburg zum nächsten und kümmerte sich wenig um das, was auf dem Hof geschah.

Der neue Verwalter musste sich auch erst einarbeiten.

Er machte einen guten Eindruck, aber einen Nikolaus Schmidt konnte er nicht ersetzen. Käthe hatte zwar keinen Augenblick daran gezweifelt, dass Schmidt mit der Mordsache nichts zu tun hatte, aber sie hatte auch gespürt, dass er unter der Anschuldigung litt. Vielleicht hatte er schon lange im Sinn gehabt, die Stelle als Verwalter in Ekenis anzunehmen. Dann war die Sache mit dem Nachlassverwalter und der Weigerung, die Stalltür zu öffnen, nur eine Farce gewesen.

Käthe war zu dem Zeitpunkt mit der Herrin in Kappeln gewesen. Aus dem Bericht der beiden Mädchen war sie nicht schlau geworden. Schmidt war dann schon fort gewesen, er kam nur kurz mit einem Wagen aus Ekenis, um seine persönlichen Sachen abzuholen. Zum Abschied hatte er ihre Hand gedrückt, aber kein Wort war dabei über seine Lippen gekommen. Nur in seinen blauen Augen war unendliches Bedauern zu lesen gewesen.

Was war zu tun? Konnte sie es wagen, ihn in Ekenis aufzusuchen? Was würde er von ihr denken? Käthe überlegte hin und her, bis endlich ein Entschluss in ihr reifte. Am nächsten Sonntag wollte sie nach Ekenis fahren – und dann? Sie würde ja sehen.

Dieser Gedanke machte sie froh. Sie rollte sich auf die Seite und war gleich darauf eingeschlafen.

Sonnabend, der 13. Mai 1922

Nikolaus Schmidt

Im Laufe der Woche waren verschiedene Zeugen ins Amtsgericht geladen worden, auch Käthe Nanning hatte ihre Aussage zu machen. Sie konnte bezeugen, dass Katharina Rasch am Sonntag vor dem Mord um 11 Uhr abends im Nachthemd dagestanden hatte. An dem Abend war die einzige Freundin der Herrin zum Plaudern gekommen. Käthe hatte sie anschließend nach draußen gebracht und gewartet, bis sie auf der Dorfstraße angekommen war, wo noch die Laternen brannten. Dann erst hatte sie das Licht ausgedreht und die Haustür abgeschlossen. Weil die alte Frau Klinker die Stubenuhr als ihr Eigentum bereits fortgebracht hatte und Käthes eigene Weckuhr stehengeblieben war, hatte sie im Zimmer des Nikolaus Schmidt nach dessen Weckuhr geschaut, um der Herrin die genaue Zeit mitzuteilen.

Durch diesen besonderen Umstand konnte sie auch bezeugen, dass Schmidt zu der Zeit bereits im Bett gewesen war und tief und fest geschlafen hatte. Er war nicht einmal davon wach geworden, als sie im Zimmer Licht machte, weil sie angenommen hatte, er sei fort zum Kartenspielen.

Der Beschuldigte Nikolaus Schmidt musste am Sonnabend im Amtsgericht erscheinen. Was er am Sonntag gemacht habe, wollte Zuschlag wissen.

»Wenn ich mich recht erinnere, habe ich in der Mittagszeit mit der Frau Rasch und dem Fräulein Nanning zusammen gegessen. Ich habe vormittags und auch nachmittags geschlafen, weil ich am Sonnabend auf dem Ball gewesen war. Gegen sieben Uhr habe ich im Herrenhaus mit zu Abend gegessen.«

»Haben Sie eine Aufregung an Frau Rasch bemerkt?«

»Nein, sie war so wie immer. Gegen acht Uhr abends fuhr ich mit meinem Rade nach dem Kaufmann Steffen, um mir dort Zigarren oder Zigaretten zu kaufen. Dort traf ich zufällig meinen Freund Otto Schumacher aus Ulsnis. Wir unterhielten uns noch eine zeitlang im Laden. Es kann viertel nach neun Uhr gewesen sein, als wir uns trennten und ich nach dem Hofe zurückfuhr. Mein Fahrrad stellte ich in die Knechtekammer. Johannes Greve lag schon im Bett. Wir wechselten noch ein paar Worte. Im Wohnzimmer der Frau Rasch war noch Licht. Ich ging nicht von vorn ins Haus, sondern durch die Abnahmewohnung, zu der mein Zimmer gehört. Den Schlüssel trage ich immer bei mir.«

»Wem würden Sie denn die Tat zutrauen?«, wollte Zuschlag wissen.

»Wir haben uns oft darüber unterhalten«, antwortete er. »Frau Rasch traute die Tat dem Friedrich Detlefsen zu, der habe mal ein Verhältnis mit ihrer Schwester gehabt. Ihr ehemaliger Mann könne es nicht gewesen sein, denn der sei ein Feigling. Das hatte sie mir neulich erst erzählt.«

Zuschlag hob eine Augenbraue. Dann fragte er, ob er etwas über die Geisteskrankheit in der Familie wisse.

»Ja, der alte Klinker hat mir davon erzählt, aber an Frau Rasch ist mir niemals etwas Derartiges aufgefallen. Der Neffe der Frau Rasch, Georg Brix, soll es sich in den Kopf gesetzt haben, weil er den väterlichen Hof nicht bekam.«

Zuschlag öffnete den Mund, schloss ihn wieder und schluckte. »Zum Schluss hätte ich gerne die Frage beantwortet, was ein sogenanntes Strohklappband ist. Wie Sie wissen, hat man so eines bei der Leiche der Helene Schmidt gefunden.«

»Diese Bänder sind in allen Landwirtschaften gebräuchlich«, erklärte Nikolaus Schmidt. »Sie hängen bei uns in verschiedenen Farben herum. In letzter Zeit ist allerdings kein Stroh von uns zur Gärtnerei geliefert worden.«

Als Schmidt gegangen war, fragte Zuschlag: »Was für einen Eindruck haben Sie von dem Mann, Drews?«

»Auf mich wirkt er aufrichtig und ehrlich«, antwortete Carl August ohne nachzudenken.

»Ja, das ist auch meine Meinung.« Zuschlag rieb sich die Hände. »Am Montag vernehmen wir Katharina Rasch. Darauf freue ich mich besonders.«

*

Käthe Nannig hatte von Frau Rasch die Erlaubnis bekommen, am Sonntag den leichten Wagen für einen Besuch bei ihrer kranken Tante in Rabenkirchen zu nehmen.

Das schlechte Gewissen wegen der Notlüge verflog im leichten Fahrtwind und dem Frühlingsgesang der Vögel und machte einer gespannten Vorfreude Platz. Sie könnte, überlegte sie, wirklich nach Rabenkirchen weiterfahren, dann sähe es nicht danach aus, als käme sie nur wegen Nikolaus Schmidt. Lotte trabte munter auf der Landstraße, ihr schien der Ausflug auch zu gefallen. Nur wenn ein Automobil überholte, legte sie die Ohren zurück, aber zum Glück war sie nicht schreckhaft und machte Käthe keine Schwierigkeiten.

Nach zwei Stunden war sie in Ekenis. Vier Mädchen spielten Hinkebock, Käthe hielt und fragte nach dem Hof des Landmanns Petersen, auf dem Nikolaus Schmidt nun Verwalter war.

So fand Käthe leicht zu dem dreiseitigen Hof, Hühner, Gänse und Enten machten dem Gefährt Platz, ein Hund bellte und kündigte ihr Kommen an. Käthe blieb mit wild klopfendem Herzen auf dem Kutschbock sitzen.

Eine vertraute Stimme erlöste sie. Der Hund schwieg und legte sich in den Schatten. Nikolaus Schmidt kam heran.

»Nanu, Besuch!« Seine Augen blickten sie froh an. Er reichte ihr die Hand, damit sie heruntersteigen konnte. Dann fragte er besorgt: »Ist etwas geschehen?«

Sie schüttelte den Kopf. »Ich bin auf dem Weg nach Rabenkirchen, zu meiner kranken Tante …«

»Ach so.« Er sah sie enttäuscht an.

Sie lachte. »Nein, das habe ich nur Frau Rasch erzählt, damit ich den Wagen nehmen konnte.«

»Und der wirkliche Grund?«

Nun kam Käthe in Erklärungsnöte. Sie begann zu stottern: »Keiner mehr da, alles verändert und da waren noch so viele Fragen.«

Er schmunzelte. »Ich werde vermisst?«

»Und wie!«, brach es aus Käthe heraus.

»Sollten wir nicht …« Er sah sich stirnrunzelnd um. »Gehen wir ein Stück spazieren.«

Ein Knecht brachte Lotte in den Stall.

Schweigend gingen sie nebeneinander her, bis sie an einem kleinen, reetgedeckten Fachwerkhaus vorbeikamen.

»Das ist mein Elternhaus«, sagte er mit einem Lachen. »Wie schön, dass ich Ihnen das mal zeigen kann.

Obwohl mein Vater es verkauft hat, bin ich froh, dass es noch da steht und im Garten der Flieder blüht und die Pfingstrosen, die wir gepflanzt haben.«

»Damit sind sicherlich viele schöne Erinnerungen verbunden«, sagte Käthe.

»Ja, mir gefällt es, hier in Ekenis zu sein, auch weil ich hier jedes Mauseloch kenne.« Er sah sie an. »Darf ich Sie zu einem Kaffee einladen?«

Unter einer mächtigen Linde luden weißgedeckte Tische einer Gastwirtschaft zur Einkehr ein.

Käthe sah ihn vergnügt an und nickte.

Sie setzten sich an einen freien Tisch und bestellten auch für jeden ein großes Stück Butterkuchen, denn den musste man hier essen.

»Ich war gestern wieder ins Amtsgericht geladen«, sagte er.

»Da hätten wir uns beinahe getroffen, ich war am Freitag da – ich kenne keinen, der daran glaubt, dass Sie etwas damit zu tun haben.«

Er hob die Schultern. »Ich kann mir auch nicht vorstellen, wer das gemacht haben könnte. Das traut man keinem zu, den man kennt.«

»Aber alle glauben, dass es Frau Rasch gewesen ist – na, die meisten. Ihr scheint das nichts auszumachen.« Käthe schüttelte den Kopf.

»Neulich hat Frau Rasch sich noch bei mir beschwert, dass ihre Schwester so ein leichtes Leben geführt habe. Sie ist das Gegenteil von Helene Schmidt in ihrem Charakter. Ich habe nie bemerkt, dass die Rasch sich für Männer interessiert hätte.«

»Sie erzählte mir vor kurzem und lachte dabei, sie habe neulich einen Heiratsantrag des Nachbarn Johannes Ohl zurückgewiesen«, sagte Käthe.

»Ja, sie kann sehr ernst, aber auch recht vergnügt sein. Ich halte sie für eine sehr intelligente Frau.« Nikolaus Schmidt sah nachdenklich in seine Tasse. »Dass sie daran Schuld hat – nein, das glaube ich wirklich nicht.«

»Ich habe das alles so satt!«, sagte Käthe heftig. »Lange bleibe ich nicht mehr auf dem Klinkerschen Hof.«

»Soll ich mich mal für Sie umsehen?«

Käthe sah ihn überrascht an. »Wenn Sie das machen wollen – das würde mich sehr freuen.«

»Dann wäre es am besten, wir würden uns am nächsten Sonntag wieder hier treffen – Ihre Tante ist vielleicht immer noch krank?« Er zwinkerte ihr zu.

Sie nickte. »Das fürchte ich auch – außerdem ist der Kuchen mehr als verlockend.« Damit spießte sie das letzte Stückchen mit der Gabel auf und schob es in den Mund.

»Nicht nur das«, sagte er und sah ihr etwas länger als üblich in die Augen.

Montag, der 15. Mai 1922

Die Beschuldigte

Katharina Rasch wurde vom Gerichtsdiener in die Amtsstube geführt. Sie setzte sich auf den Stuhl, der für sie bereitgestellt worden war. Vor dem Fenster, zur Straße hin, saß der Amtsgerichtsrat. Wenn sie den Hals ein wenig reckte, waren durch ein zweites Fenster zur anderen Seite die Mühle Amanda und die sich drehenden Mühlenflügel zu sehen. Der Wind war heute sehr stark, er zerrte an ihren Nerven. Er trocknete den Boden aus und war eine Gefahr für die junge Saat.

Der Gerichtsschreiber saß schräg vor ihr an seinem Pult und spannte Papier in die Schreibmaschine. Durch die geschlossenen Fenster drangen die Geräusche der Stadt und des Windes nur gedämpft herein.

Katharina fiel es schwer, still zu sitzen, aber sie zwang sich dazu. Sie musste nur daran denken, dass sie ihre Schwester nicht getötet hatte. Sie konnten ihr den Mord nicht anhängen. Dass es so gekommen war, hatte sie nicht gewollt.

Der Amtsgerichtsrat las vor, dass sie beschuldigt sei, am Tode ihrer Schwester und deren Kinder beteiligt zu sein und fragte, ob sie etwas auf die Beschuldigung erwidern wolle.

Sie nickte. »Ich antworte auf Ihre Fragen«, sagte sie.

Zuschlag begann nach ihrer Kindheit und dem beruflichen Werdegang zu fragen, nach ihrem Ehemann und dem Testament. Sie beantwortete alles ausführlich, und wenn das Geklapper der Schreibmaschine verstummte, stellte Zuschlag eine neue Frage.

»War Ihre Schwester nicht zufrieden mit der Teilung?«

»Sie meinte immer, wenn ich die Gärtnerei und die Koppel bekäme, hätte ich mehr als sie. Diese Ansicht war ihr mit keinen Vernunftgründen auszutreiben.«

»Also gab es doch Streit um das Waldgrundstück. Im Protokoll des Kriminalkommissars klingt es so, als seien sie beide im besten Einvernehmen gewesen!«

»Als wir bei Dr. Schmidt waren, sagte meine Schwester, sie möchte wohl ihren Wald behalten, aber ich wolle ihn auch haben. Vermutlich hat sie sich dies von einem Teil der Verwandten einreden lassen. Schließlich erklärte sie sich vor Dr. Schmidt bereit, dass ich den Wald haben sollte.«

Zuschlag wollte wissen, ob es ihr recht gewesen sei, auf das Gärtnereigrundstück zu ziehen.

»Ich habe mal auf eine Frage meiner Stiefmutter gesagt, wenn die Umgebung etwas besser wäre, zöge ich noch lieber dorthin.«

»Hätten Sie nicht dort auskömmlich leben können?«

»Ja, durchaus, mit den Erträgen des Landes und des Gehölzes und den Zinsen der 145 000 Mark als alleinstehende Person«, sagte sie und tupfte sich den Schweiß von der Stirn. Es war stickig im Raum.

Zuschlag fragte nach dem Strohklappband und Carl August schrieb mit:

»Auf unserem Hof hängen Klappbänder in allen Farben. Direkt auf dem Hausboden habe ich erst neulich einige über den Balken hängen sehen. Ich glaube auch, dass in den Ställen welche hängen. Ob das auf der Leiche gefundene rote Klappband von unserem Hofe stammt, weiß ich nicht. Es kann sein, dass meine Schwester auch mal Stroh von uns bekommen hat und

daher das Klappband stammt. Es ist mal bei uns geredet worden, dass vielleicht der Betreffende mit dem Bande meine Schwester hat aufhängen und dadurch einen Selbstmord hat vortäuschen wollen.«

Zuschlag fragte, wer für die Reinigung ihrer Sachen zuständig sei, und sie erklärte dass sie immer ihre Sachen selbst zurecht gemacht habe, insbesondere ihre Stiefel, die ihr die Mädchen verdarben.

Zum Schluss wollte Zuschlag wissen, wo ihre Angestellten schliefen und im Protokoll war zu lesen:

»Die Mädchen schlafen mir gerade gegenüber auf dem Korridor. Von den Knechten schläft der Knecht Greve in einer Knechtekammer neben dem Pferdestall und in einer besonderen Kammer abseits der alte Tagelöhner Osewald. Der verheiratete Tagelöhner Wienke schläft in seiner eigenen Wohnung, ein paar Häuser weiter unter unserem Besitz.«

Carl August tippte den letzten Satz, spannte den Bogen aus, legte ihn zu den anderen und den Stapel dem Amtsgerichtsrat auf den Tisch.

Dieser las die Aussage laut vor. Katharina Rasch unterschrieb deren Richtigkeit.

»Drews, nehmen Sie der Beschuldigten eine Haarprobe.«

Carl August kramte in einer Schublade nach einer Schere. Dann trat er damit an die Frau heran. Es war offensichtlich, dass er nicht wusste, wie und wo er etwas von ihren Haaren abschneiden sollte.

Katharina Rasch amüsierte sich über seine Verlegenheit. Sie entfernte die lange Hutnadel und nahm den Hut ab. »Nun tun Sie schon, was getan werden muss, aber schneiden Sie nicht zu viel weg, meine Haare wachsen nicht schnell.«

Das aschblonde Haar war zu einem Knoten verschlungen und aufgesteckt. Carl August warf einen Blick zum Amtsgerichtsrat, aber der war anscheinend mit anderen Dingen beschäftigt und sah nicht auf.

»Wie wäre es mit dieser?« Katharina Rasch hatte eine Strähne aus der Frisur gelöst und hielt sie ihm hin. »Meine Haare sind echt, aber sie sind recht dünn, so wie bei meiner Schwester, ein Erbe unseres Vaters.« Sie hob die Schultern und lächelte. »Leider erbt man nicht nur Geld.«

»Wenn Sie erlauben«, murmelte Carl August. Damit schnitt er die Strähne entschlossen ab und steckte sie in einen Briefumschlag.

Sie setzte den Hut auf, rückte ihn zurecht und befestigte ihn wieder mit der Nadel. Dazu benötigte sie keinen Spiegel.

»Ich hoffe, dass es sich damit erledigt hat«, sagte sie und ging.

Als die Tür hinter ihr ins Schloss fiel, sahen sich Zuschlag und Drews wortlos an. Der Amtsgerichtsrat notierte auf der Aussage:

Katharina Rasch tritt mit großer Dreistigkeit auf. Sie zeigt keine Spur Trauer. Auffallend ist ihr vieles Lächeln ohne besondere Veranlassung. Der Blick ist unsicher. Das Gesicht zeigt einen brutalen Ausdruck.

»Immerhin können jetzt ihre Haare mit denen verglichen werden, die wir in den Händen der Toten gefunden haben«, sagte Zuschlag und er diktierte einen Brief an einen Gerichts-Chemiker in Berlin. Vielleicht brachte das ja etwas.

Mittwoch, der 24. Mai 1922

Der Knechteball

Am Tag vor Himmelfahrt sollte wie in jedem Jahr der Knechteball im Strandhotel von Ulsnis stattfinden. Carl August hatte Mathilde das erzählt, ohne sich dabei etwas zu denken. Er meinte, es sei merkwürdig, einen Ball zu veranstalten, obwohl der Mordfall noch nicht aufgeklärt sei. Sie kam mit dem Vorschlag, gemeinsam auf den Ball zu gehen, vielleicht könnten sie dabei etwas in Erfahrung bringen.

Carl August, der nie das Tanzen gelernt hatte, wollte zunächst nicht. Doch Mathilde hatte immer wieder davon angefangen, so dass er gar nicht anders konnte, als mitzugehen.

Die Abendsonne ließ die Baumschatten länger werden und schien durch das Laub blühender Kastanien. Carl August hielt unter der Decke, die der Kutscher über ihre Knie gebreitet hatte, Mathildes Hand. Im Trab ging es auf der Landstraße bergab. Gab es etwas Schöneres? Er sah Mathilde an, auch sie schien die Fahrt zu genießen. Oder freute sie sich nur auf das Tanzen?

Mathilde hatte ihn gefragt, ob sie das cremefarbene oder das grüne Kleid tragen solle. Er hatte mit den Schultern gezuckt, aber dann schnell gemerkt, dass es eine äußerst wichtige Frage gewesen war, die man nicht einfach zur Seite schieben konnte. Das grüne sehe er besonders gerne an ihr, schien die richtige Antwort gewesen zu sein, denn sie trug das grüne Kleid.

Vorbei an Fliederhecken ging es, wie eine Wolke lag

der Duft über der Straße. Auch Jasmin, Holunder und Heckenrosen blühten.

»Ich liebe diesen Mai.« Mathilde hielt die Nase in den Wind.

Und ich liebe diese Frau, dachte er und sah sie zärtlich an.

Es wurde dunkler und der Kutscher hielt auf einem Dorfplatz, um die Laternen anzuzünden. Carl August pflückte einen Zweig Jasmin und steckte die weißen Blüten in Mathildes Haar.

Als sie in die Straße nach Ulsnisland einbogen und an der Mordstelle vorüber kamen, sagte er: »Das Strohklappband, das bei der Leiche gefunden wurde, muss vom Klinkerschen Hof sein, nur dort gibt es solche in roter Farbe.«

»Ist ja merkwürdig.«

»Jetzt haben sie einen neuen Verdacht.«

»Na, wen denn nun?«

»Den Knecht Johannes Greve. Er soll beobachtet werden, denn er ist vorbestraft. Seine Akte wird überprüft.«

»Da bin ich aber sehr gespannt«, sagte sie.

Er nickte ernst. »Ja, ich auch.«

*

Johannes Greve hatte sich gründlich gewaschen und rasiert, frische Wäsche, ein reines Hemd und den neuen Anzug angezogen. Das erste Mal hatte er ihn am 6. Mai getragen, als er den neuen Verwalter Drews abgeholt hatte. Das war ein ganz anderes Gefühl, sich so zu kleiden. Den beigefarbenen Überzieher nahm er über den Arm, damit nicht auffiel, dass der schon recht schäbig war. Der neue weiche Filzhut machte aus ihm einen Herrn.

Johannes pfiff vor sich hin, und mit leichter Verwunderung stellte er fest, dass er sich auf den Abend freute. Das Tanzen hatte er von seinen vier Schwestern gelernt. Das war immer ein Spaß gewesen.

Als er seine Kammer verließ und über den Hof ging, kam auch schon Bertha Schmidt, das neue Dienstmädchen, heraus. Er hatte ihr angeboten, sie auf dem Hinweg zu begleiten. Das Mädchen gefiel ihm, er hörte sie gerne bei der Arbeit singen. Zu Hause hatten seine Schwestern und die Mutter auch oft gesungen. Auf seine Neckereien hatte Bertha immer eine Antwort.

»Du siehst ja wie ein richtiger Kavalier aus!«, sagte sie und hängte sich vergnügt in seinen dargebotenen Arm ein.

»An der Ecke nach Ulsnisland treffen wir Dora Jepsen aus der Gastwirtschaft Schmidt. Dann sind wir schon drei«, sagte er.

Bertha trug an den Füßen Holzschuhe. In einem Stoffbeutel steckten die Tanzschuhe, die sie sich nicht von der Straße ruinieren lassen wollte, dann schon eher von ihren Tanzpartnern. Alle Mädchen hielten das so. Auch Dora, die schon wartete.

Dann gingen sie nebeneinander her und nahmen beinahe die ganze Straßenbreite ein. An der Mordstelle sagte Dora: »Seitdem traut sich in der Dunkelheit kein Mädchen mehr alleine auf die Straße.«

Schweigend gingen sie weiter, bis sie die Musik vom Strandhotel hörten. Damit kehrte die Vorfreude auf den Ball zurück.

*

Von allen Seiten strömten Paare oder Gruppen, Burschen und Mädchen heran. Wie Motten in das Licht ließen sie sich in das festlich erleuchtete Strandhotel hineinziehen. Im Saal hingen Rauchschwaden um die Kronleuchter, Gläserklang und Gelächter tönte wie das erregte Summen in einem Bienenkorb, als Carl August und Mathilde eintraten.

Sie fanden zwei freie Plätze an einem langen Tisch in der Nähe des Eingangs. Sie grüßten freundlich in die Runde und setzten sich.

»Guck mal den Greve an. Kommt gleich mit zwei Mädchen.«

Carl August drehte sich nach dem Sprecher um, dann sah er den Mann im Eingang stehen, den er damals mit dem Pferd über den Klinkerschen Hof hatte gehen sehen. Greve war der Mann mit dem blauen Auge. Von der Verletzung war jetzt nichts mehr zu erkennen.

Die Musiker auf dem Podium begannen erneut zu spielen. Herren standen auf und beeilten sich, ihre Dame mit einer Verbeugung zum Tanz zu bitten.

»Walzer!« Mathilde strahlte übers ganze Gesicht. Und dann war sie auch schon mit einem Herrn unterwegs zur Tanzfläche.

Carl August sah ihr nach. Es gab ihm einen Stich, mit anzusehen, wie dieser Fremde seine Hand an Mathildes Rücken legte, als er sie durch die Tischreihen führte. Er beobachtete die Tanzerei und je länger er zuschaute, umso mehr wurde ihm deutlich, dass ein Mensch aus Eifersucht morden konnte. Schuldbewusst wandte er sich ab und suchte in der Menge nach Greve und seinen Damen. Aber der war längst woanders, und Carl August dachte: Ein schöner Kriminalkommissar bist du. Er griff nach dem Weinglas und trank es halb leer.

Die Serviererin, die ihm gerade eingeschenkt hatte, sah ihn belustigt an. »Ist der Wein recht?«

Sie hielt ihm die Flasche so hin, dass er das Etikett lesen konnte: *Hochheimer Riesling, Kirchenstück 1915*.

Er nickte abwesend, sie stellte die Flasche auf den Tisch und wandte sich anderen Gästen zu.

Nach drei Tänzen kam Mathilde vergnügt zurück. »Ach, das war mal wieder schön«, sagte sie.

»Heißt das, es ist genug?«

»Wo denkst du hin!«

Carl August lächelte und schenkte Mathilde ein, sie stießen auf einen schönen Abend an. Er trank sein Glas aus, während Mathilde an ihrem nur nippte.

»Willst du dich betrinken?«, flüsterte sie ihm zu.

»Warum nicht, der Wein schmeckt mir.«

Wenn er ihr den ganzen Abend zuschauen musste, war ein Rausch das beste Mittel, sich zu trösten.

»Ich dachte, du wolltest ...« Mathilde sah ihn ernst an. »Du wolltest dich doch umhören, wie ein Kriminalkommissar!«

»Ja, ich fürchte, dass ich dazu noch weniger tauge als zum Gerichtsschreiber«, sagte er. Es kam ihm absurd vor, herumzugehen und Gespräche abzulauschen.

»Magst du deinen Beruf nicht mehr?«

»In der letzten Zeit gefällt es mir gar nicht. Und wenn ich als Gerichtsschreiber mehr erreichen und verdienen will, müsste ich nach Flensburg – das ist mir gerade auch nicht recht.«

Sie hielt ihm ihr Glas hin, er schenkte ein, sie lächelte ihm zu und trank einen Schluck. »Was möchtest du denn?«

»Außer, dass ich dich heiraten will? – Du wirst mich noch mehr auslachen.«

»Vielleicht«, sie zwinkerte ihm zu, »probier es einfach.«

»Hast du *Lockruf des Goldes* gelesen?«

Sie nickte. »Du willst Goldgräber werden?«

Er lachte. »Nein, mein Vorbild ist Jack London – ich möchte Geschichten schreiben.«

»In Amerika?« Sie runzelte die Stirn.

»Nein, ich möchte von kleinen Dingen erzählen, rund um Kappeln gibt es genügend nette Begebenheiten, über die es sich lohnt, etwas zu schreiben, vielleicht an der Zeitung.« Er sah ihr in die Augen. Lachte sie über seine Vorstellungen?

Sie lächelte ihr liebes Lächeln und legte ihre Hand auf seine. »Dann musst du aber auch mit Leuten reden, und dich umhören.«

»Ja, aber es geht nicht nur um Mord und andere Verbrechen.«

Sie nickte. »Das verstehe ich.«

Mathilde wurde zum Tanz aufgefordert. Carl August sah ihr nach und trank sein Glas aus. Alles war möglich. Sie hatte ihn nicht ausgelacht. Auch der Gedanke, dass er in Amerika oder in Flensburg sein würde, schien ihr nicht zu gefallen – zumindest hatte er den Eindruck.

Als sie erhitzt vom Tanz zurückkam, wisperte sie ihm ins Ohr: »Es gibt ein Gerücht.«

»Sag schon.«

»Greve will sich zu Pfingsten verloben – mit Frau Rasch! Das habe ich von Luise Kruse gehört, das ist eines der Mädchen vom Hof Tollgard.«

»Das kann doch nicht wahr sein.«

»Greve hat es ihr selbst erzählt. Die alte Frau Schmidt, Helenes Schwiegermutter, hat bei Frau Rasch deswegen nachgefragt.«

»Und was hat sie geantwortet?«

»Frau Rasch soll nur gelacht haben.«

»Mehr nicht?«

»Niemand hat bemerkt, dass die beiden in näherer Beziehung stehen.«

»Du bist der richtige Kriminalkommissar«, sagte Carl August.

Auf einmal wurde es merklich still im Saal. Landjägermeister Chmella war gekommen, er erinnerte die Fröhlichen an das Schreckliche, das sie heute einmal hatten vergessen wollen. Chmella ging an die Theke, und alle nahmen ihre Gespräche wieder auf.

Dann spielte die Musik einen Rheinländer, Mathilde wurde aufgefordert. Carl August erhob sich, ging an die Theke, und bestellte sich ein Bier. Danach kam ein neumodischer Schieber an die Reihe. Die Tanzfläche leerte sich, und während er sich mit dem Landjägermeister Chmella über den neuesten Stand der Ermittlungen unterhielt, entdeckte er zwischen den Paaren den Knecht Greve, der seine Dame gekonnt über das Parkett schob, so dass ihr blonder Zopf nur so wippte. Als danach ein Wiener Walzer folgte, gab es eine Lücke für dieses Paar; bald hatte es die Tanzfläche für sich alleine. Viele Zuschauer blieben am Rand stehen. Rechts und links herum wirbelte Greve das Mädchen, ihr butterblumengelbes Kleid bauschte sich und ließ weiße Spitzen sehen.

»Dora Jepsen«, sagte Chmella und sah Carl August bedeutungsvoll an.

»Greve ist doch der pfundigste Kavalier auf dem Knechteball!«, rief einer der jungen Männer, die in der Nähe standen, und die anderen nickten anerkennend.

Carl August wandte sich an Chmella und berichtete ihm von dem Gerücht, das er gehört hatte.

Der Landjägermeister pfiff durch die Zähne. »Dann werde ich gleich mal bei den Mädchen von Tollgard nachfragen – die werden ja sicherlich irgendwo hier sein.«

Mit einem schlechten Gewissen blieb Carl August an der Theke stehen und trank sein Bier aus.

Um Mitternacht hatte Mathilde sich müde getanzt. Sie holten ihre Mäntel, gingen nach draußen und wollten noch ein paar Schritte gehen, bevor sie in die Droschke stiegen.

»Wenn ich tanzen könnte ...«, begann er.

»Das war kein schöner Abend für dich – warst du als Kriminalkommissar erfolgreich?«

»Gewiss, ich habe festgestellt, dass der Verdächtige gut aussieht, in jedem Arm ein Mädchen hat und ein außerordentlicher Tänzer ist.«

Mathilde seufzte. Sie gingen Arm in Arm, was ihnen neu war, und es war nicht leicht, ihre Schritte einander anzupassen. Vom Wasser her wehte ein kühler Wind, ein Vogel rief, ein anderer antwortete.

Carl August blieb stehen. »Schwäne! Sie rufen einander zu: Bist du noch da?«

»Ja, und sie leuchten in der Dunkelheit.« Mathilde zeigte durch eine Lücke im Schilf hinaus auf das schimmernde Wasser.

Carl August legte seine Arme um sie. So standen sie geborgen in der Dunkelheit. Warm und nachgiebig war ihr Körper, der ihm so vertraut war. Er küsste sie erst zaghaft, dann inniger.

»Würdest du dann nur mit mir tanzen?«

Mathilde rückte ein wenig von ihm ab und sah in sein Gesicht. »Du könntest auch an jedem Arm ein hübsches junges Mädchen haben.«

»Ich will doch nur dich«, flüsterte er in ihr Ohr.

Vom Strandhotel wehten die Klänge eines Walzers heran.

»Komm, mein Liebster, tanze mit mir«, sagte Mathilde. Sie summte die Melodie mit. Über ihnen drehten sich die Sterne, erst langsam, dann immer schneller.

*

Um fünf Uhr morgens packten die Musiker ihre Instrumente ein.

»Bist du müde?«, fragte Johannes Greve das Mädchen.

Dora schüttelte den Kopf. »Es war herrlich, und ich kann ausschlafen.«

Er hatte auch einen freien Tag, Wienke und Osewald kümmerten sich um die Pferde. Vierzig Mark hatte er auf dem Ball ausgegeben, das bereute er nicht.

Vor ihnen gingen andere Paare. Dass die Mädchen nach Hause gebracht wurden, war Ehrensache. Er beneidete die Jungs nicht, die Magdalene Kruse und Marie Beusen nach Kius und Hestoft brachten. Das war ein weiterer Weg als Kirchenholz. Bertha wurde vom Bäckergesellen Schaaf begleitet, er wohnte in der Nähe des Klinkerschen Hofes. Bertha hatte ein wenig enttäuscht ausgesehen, als Greve gesagt hatte, er brächte Dora nach Hause.

»Lass uns einen anderen Weg nehmen, es wird schon hell, da müssen wir nicht die Landstraße rauf.«

Dora blieb störrisch stehen. »Wo willst du mit mir hin?«, wollte sie wissen.

»Kann man nicht durch den *Hagab* gehen?«

Das Wäldchen war bekannt für seine Krähennester und Fuchsbauten.

»Vielleicht sehen wir um diese Zeit einen Fuchs.«

»Und wenn ich nicht mehr laufen kann, trägst du mich, Johannes Greve.«

»Und was machen wir, wenn ich nicht mehr kann?«

»Dann«, sagte sie, »werden wir vermutlich verhungern und verdursten und von den Krähen und Füchsen gefressen.«

»Schöne Aussichten«, sagte er und fasste nach ihrer Hand. »Ich möchte nicht, dass du stolperst und fällst und mit Schrammen nach Hause kommst. Stell dir das Gerede vor.«

Sie blieb wieder stehen. »Johannes Greve, heute habe ich etwas über dich gehört – ist es wahr?«

»Es gibt allerhand Gerüchte über mich«, sagte er. »Welches meinst du?«

»Verlobung mit Frau Rasch.«

»Was glaubst du?«

Sie sah ihn an, dann ging sie weiter und zog ihn mit. »Nichts«, sagte sie, »auch nicht das andere.«

Sie gingen ohne ein Wort weiter. Das Gras war nass vom Tau.

»Wenn wir einen Fuchs sehen wollen, müssen wir auch still sein«, sagte er.

Einen Fuchs sahen sie nicht, aber als Dora nach den Krähennestern guckte, küsste er sie. Hand in Hand gingen sie weiter, und ab und an blieb sie stehen, um in die Bäume zu schauen.

Montag, der 29. Mai 1922

Verhaftung

Am späten Nachmittag platzte Bürodiener Ohlsson wie eine Granate ins Amtsgericht und rief keuchend vom schnellen Lauf: »Der Kriminalkommissar ist mit dem geständigen Täter auf dem Weg hierher!« Er schöpfte Luft und verbeugte sich linkisch. »Soll ich Ihnen ausrichten.«

Eilig machte er kehrt und zog die Tür heftig hinter sich ins Schloss.

Zuschlag und Drews schauten sich eine Weile sprachlos an.

»Und wen hat er jetzt verhaftet?«

Zuschlag schüttelte den Kopf. »Wen auch immer, in die Arrestzelle mit ihm, ich werde ihn morgen früh verhören.«

Carl August eilte nach unten und kam gleich darauf mit der Nachricht zurück: »Der Knecht Johannes Greve ist es!«

»Da bin ich aber neugierig, wie das zustande gekommen ist«, war alles, was Zuschlag dazu sagte.

In gespannter Stille warteten sie auf das Geräusch des ankommenden Automobils. Türen schlugen, der Amtsgerichtsrat ging hinunter und Carl August eilte ans Fenster, er sah gerade noch, wie Holst mit dem Gefangenen ausstieg. Der Knecht schaute sich um, ihre Blicke begegneten sich, dann ließ sich Greve wie ein Schaf zur Schlachtbank wegführen.

Zuschlag hielt dem Kriminalkommissar die Tür zur Amtsstube auf und bat ihn Platz zu nehmen. »Nun erzählen Sie mal, wie es zu der Verhaftung gekommen ist.«

Carl August beugte sich vor, um nur ja kein Wort zu verpassen.

Der Kriminalkommissar sah erschöpft aus, aber seine Augen leuchteten. »Uns war bekannt geworden, dass Greve kurz nach dem Morde ein blaues Auge gehabt haben sollte«, begann er.

Zuschlag warf seinem Schreiber einen Blick zu, nickte, und Carl August grinste in sich hinein.

»Bei der nun von uns vorgenommenen unauffälligen Besichtigung des Pferdestalles wurde festgestellt, dass die Pferde nach unten zu angekettet standen. Wenn die Pferde, wie es allgemein üblich ist, von links hinten angegangen werden, erschien es uns rätselhaft, dass Greve von der Kette in das linke Auge getroffen worden war. Nunmehr war uns dieser Umstand verdächtig.«

»Nur das?«, fragte Zuschlag erstaunt.

»Nein, ich vergaß zu erwähnen, dass Holst in Abwesenheit des Knechtes ein Hemd in dessen Kammer zutage gefördert hatte, das einen Blutstreifen am Ärmel aufwies. Daraufhin rief er mich in Kiel an und ich kam umgehend zurück.«

Zuschlag nickte und verschränkte die Arme.

»Als wir auf dem Hof nach Greve fragten, erfuhren wir, er sei zum Futtermittelholen nach Steinfeld gefahren«, setzte der Kriminalkommissar seinen Bericht fort. »Auf dem Weg nach Kirchenholz trafen wir Greve auf einem zweispännigen Lastwagen sitzend auf dem Nachhauseweg an. Als das Fuhrwerk herangekommen war, hielt ich dasselbe an und fragte, um einen Anknüpfungspunkt zu haben, ob der Verwalter schon wieder nach dem Hof zurückgekehrt sei, welches Greve in absolut ruhiger Weise bejahte. Unter der Angabe, mit dem Verwalter sprechen zu müssen, folgten wir scheinbar harmlos dem Gefährt bis auf den Klinkerschen Hof, wo wir den Verwalter auch antrafen. Nach kurzer Rücksprache mit diesem ging ich auf Greve zu und ersuchte ihn, wegen einer dringlichen Vernehmung mit uns zu kommen.«

»Hat er sich widersetzt?«, unterbrach ihn Zuschlag.

»Nein, er ging sofort, überflüssige Redensarten machend, auch mit. Unterwegs wurde er unangenehm und meinte, ich hätte ihn auch ordnungsgemäß vorladen können, er wäre schon gekommen, so aber sähe es aus, als ob wir ihn verhaftet hätten, und er würde dadurch in seinem Ansehen bei der Bevölkerung geschädigt. Außerdem meinte er, mit der Mordsache habe er gar nichts zu schaffen, er würde gegen jeden vorgehen, der ihn irgendwie damit in Zusammenhang bringen würde.«

»Es war doch nicht so einfach mit ihm?«, hakte Zuschlag nach.

Von Kulick nickte. »Bei der mündlichen Verhandlung mit ihm zeigte er ein absolut ruhiges Benehmen. Er lachte über verschiedene Fragen und meinte zynisch, nun wollte ich wohl gar ihn als mit der Mordsache in Verbindung stehend verdächtigen, da ich den richtigen Täter wohl nicht ermitteln könne.«

Der Kriminalkommissar räusperte sich und bat um etwas zu trinken. Carl August sprang auf und brachte ein Glas und eine Karaffe mit frischem Wasser.

»Vielen Dank.« Von Kulick trank langsam.

»Nach zweistündiger Verhandlung mit ihm«, nahm er

seinen Faden wieder auf, »konnte ich ihn des Lügens überführen, und als ich daraufhin einen anderen Ton anschlug, wurde er sichtlich verlegen«, sagte er mit Genugtuung in der Stimme. »Als ich nun weiter mit unbestimmten Andeutungen an ihn herantrat, wurde er im Antwortgeben unsicher, aber auch vorsichtiger. Er bestritt hartnäckig, mit der Mordsache irgendetwas zu tun zu haben.«

Zuschlag sprang von seinem Stuhl auf. »Sie können einen auf die Folter spannen!« Er riss das Fenster auf, Hufgeklapper und das Rumpeln von Wagenrädern drangen in die Amtsstube.

Von Kulick lächelte, schenkte sich ein und trank. Dann erzählte er weiter und ließ sich nicht von dem Amtsgerichtsrat aus der Ruhe bringen, der währenddessen zwischen Fenster und Stuhl hin- und hermarschierte.

»Ich konnte ihm seine ständig wachsende Verwirrung wohl anmerken«, sagte der Kriminalkommissar. »Nach etwa drei Stunden erklärte ich ihm, ich hätte nur noch die Frage an ihn zu richten, ob er die Tat allein ausgeführt habe, und ob ihn jemand dazu angestiftet habe. Nach allerlei Ausflüchten, durch die er nur noch unruhiger wurde, gelang es mir endlich, ihn zu einem Geständnis zu bringen. Während dieses Geständnisses brach er wiederholt zusammen, so dass ich ihn nur mit vieler Mühe wieder aufrichten konnte. Nach dem Geständnis war er sichtlich gebrochen und bereute offenbar seine Tat auf das Tiefste.«

Von Kulick sah stolz in die Runde.

»Da haben Sie aber eine harte Nuss zu knacken gehabt«, bemerkte Zuschlag.

»Das kann man wohl sagen. Bei der schriftlichen

Vernehmung hatte er sich wieder gefasst und gab klare Antworten auf meine Fragen. Er beteuerte wiederholt, nur noch die volle Wahrheit sagen zu wollen, da er einsehe, es nutze ihm doch alles Lügen nichts mehr. Auf seiner Überführungsfahrt hierher war er schon wieder ganz zuversichtlich und zeigte großes Interesse an der Gegend und an den Leuten.«

»Gute Arbeit, Kommissar!« Zuschlag schloss das Fenster heftig und nahm wieder Platz. Dann beugte er sich vor und fragte: »Und was gibt er an? Warum diese Morde?«

»Er sagte aus, dass er habe stehlen wollen. Er habe sich neues Zeug anschaffen wollen.«

»Nur das? Das glaube ich nicht!«, rief Zuschlag aus. Auch Carl August schüttelte den Kopf.

»Wir haben die Mordwaffe gefunden, eine Eisenstange!«, versicherte von Kulick. »Genau dort, wo er sie hineingeworfen haben will. Sie steckte im Teich auf dem Grundstück des Architekten Petersen, das ist unmittelbar in der Nähe der ersten Mordstelle.«

»Das glaube ich einfach nicht!« Der Amtsgerichtsrat schlug mit der flachen Hand auf den Tisch, sprang auf und ging erregt auf und ab.

»Das sind die Tatsachen«, sagte von Kulick. »Ich musste um seine Sicherheit fürchten. Es gab ungeheure Aufregung in Ulsnis, die Verhaftung muss sich mit Windeseile in der Bevölkerung herumgesprochen haben.«

»Ja, das kann man sich ja denken«, murmelte Zuschlag.

»Greve ist 1921 für neun Monate wegen schweren Diebstahls im Gefängnis gewesen«, sagte der Kriminalkommissar. »Landjägermeister Chmella hatte mal erwähnt, dass Greve bestraft sei, aber der Knecht war uns immer so harmlos erschienen, dass wir nicht früher Einsicht in seine Akten genommen haben.«

»Das hätte uns vermutlich eher ans Ziel gebracht«, knurrte Zuschlag. »Obwohl einer, der gestohlen hat und im Gefängnis war, nicht zwangsläufig auch der Mörder sein muss – aber in diesem Fall sieht es ja so aus.« Er schaute von Kulick an. »Gute Arbeit, Herr Kriminalkommissar!«, sagte er und setzte grimmig hinzu: »Ich bin sehr gespannt darauf, was Greve mir morgen zu sagen hat.«

»Gerade heute las ich in der Zeitung, dass der preußische Landtag den Antrag der Sozialdemokraten auf Abschaffung der Todesstrafe abgelehnt hat.« Von Kulick schaute den Amtsgerichtsrat zufrieden an.

»Ich habe noch von keinem Verbrecher gehört, den die Aussicht auf die Todesstrafe abgeschreckt oder an der Tat gehindert hätte«, entgegnete Zuschlag. »Die glauben doch alle, wir kriegen sie nicht.«

»Fast zwei Monate Arbeit«, sagte Carl August.

»Unsere Arbeit fängt erst an. Schlafen Sie sich gut aus!«, ermahnte ihn der Amtsgerichtsrat.

*

Katharina Rasch schlief nicht, obwohl es weit nach Mitternacht sein musste.

Sie war in Schleswig gewesen, als Greve verhaftet worden war. Am Tag zuvor hatte sie Helenes Schwiegermutter noch gesagt, dass er es nicht sein könne, weil Helene bange vor ihm gewesen sei. Im Dorf wurde erzählt, er habe den Mord gestanden. Was würde er aussagen? Er konnte sogar frech behaupten, Katharina habe ihm bei der Tat geholfen. Wer würde ihr glauben, dass dem so nicht war?

Bertha, das neue Dienstmädchen, lief mit verheulten Augen herum. Die Nanning war, seitdem Schmidt fort war, auch nicht mehr sie selbst und einsilbig, im Gegensatz zu früher. Nichts hatte sich zum Guten gewendet.

Katharina nahm das Schlafpulver, das Doktor Oeverdyn ihr verordnet hatte. Morgen wollte sie nach Kiel fahren. Weg, nur weg von allem.

Dienstag, der 30. Mai 1922

Mathilde Clausen

Die Nachricht von der Verhaftung des Ulsnisser Mörders hatte sich auch in Kappeln wie ein Lauffeuer verbreitet. Auf dem Markt und in den Läden ballten sich die Menschen, die Geschichten wucherten. Die Zeitungsjungen riefen aus: »Achtzehnjähriger Knecht ist der Mörder von Ulsnis, Achtzehnjähriger Knecht ist der Mörder von Ulsnis!«

Mathilde hielt sich nicht weiter auf und vermied es, sich in ein Gespräch hineinziehen zu lassen. Spätestens heute Abend würde sie alles aus erster Hand erfahren. Sie wusste, dass gerade jetzt der Knecht Johannes Greve im Amtsgericht verhört wurde.

Die Pontonbrücke war geöffnet, um Frachtensegler durchzulassen. Mathilde hatte es nicht eilig. Sie setzte den Korb ab und hielt die Hand gegen die Sonne schirmend über die Augen, sah den Schiffen nach, die mit der Strömung und weit geöffneten Segeln schnelle Fahrt machten.

Sie wollte heute Kartoffelsalat auf den Tisch kriegen, den aß Carl August so gerne. Schöne, fette Heringe hatte sie bekommen. Die schmeckten am besten, wenn sie leicht in Roggenmehl gewälzt wurden und dann frisch aus der Pfanne.

Bis gestern hatte sie gefürchtet, schwanger zu sein. Zehn Tage über der Zeit! Wie oft hatte sie sich das früher gewünscht. Aber jetzt … schwanger in ihrem Alter … das wäre eine Katastrophe gewesen. Gott sei Dank war sie diese Sorge los. Bei Rieper hatte sie sich ein Dutzend Strickbinden gekauft, vierlagig. Die waren doch angenehmer zu tragen als die selbstgenähten aus Molton.

Die Brücke wurde wieder für den Verkehr geöffnet. Mathilde nahm den Korb auf und ließ sich mit der Menschenmenge weiterschieben.

Dass Carl August immer unzufriedener wurde, wenn sie alleine zu Gesellschaften ging, war ein Problem. Andererseits war es auch nicht gut, wenn sie sich nirgendwo mehr sehen ließ. Doch wenn sie eine Einladung angenommen hatte, war sie in Gedanken bei ihm und auch nicht glücklich. Mathilde seufzte. Sie mussten dringend eine Lösung finden.

*

Carl August kam spät nach Hause, er sah müde aus.

»Der Greve sagt nicht die Wahrheit. Seine Geschichte ist vollkommen unglaubwürdig. Er behauptet, er habe Frau Schmidt nur aus dem Hause locken wollen, um Geld zu stehlen, und sie sei bei dem Gerangel, als er sich von ihr habe losmachen wollen, mit dem Kopf auf einen Pfahl gefallen. Morgen wird er nach Flensburg gebracht und vom Oberstaatsanwalt verhört.«

Sie setzten sich zum Essen. Mathilde mochte ihm gerne dabei zusehen, wie er die Heringe sorgsam in der Mitte öffnete, auseinanderklappte, die Hauptgräte entfernte und die feinen Gräten abhob.

»Schmeckt es dir?«, fragte sie.

Er sah von seinem Teller auf, ließ das Besteck sinken und legte seine Hand auf ihre. »Entschuldigung, natürlich, ich war noch in Gedanken – weißt du, mein Vater sagte immer: ›Du siehst doch, dass ich esse.‹«

»Aber du bist nicht dein Vater.«

»Er hat Mutters Arbeit nicht anerkannt. Das hat sie oft gekränkt.«

»Gleichgültigkeit ist der Anfang vom Ende«, sagte Mathilde.

Nach dem Essen saßen sie eine Weile auf der Gartenbank. Mathilde hatte ihm nichts von ihrer Befürchtung erzählt, schwanger zu sein. Nun kam sie damit heraus.

»Und wenn es so gewesen wäre?«, wollte er wissen.

»Dann«, stotterte Mathilde, »dann hätten wir vielleicht …«

»Du hättest mich geheiratet?« Er sah sie erstaunt an.

»Ja, in dem Fall – aber es ist ja zum Glück nicht so.« Sie schaute verlegen in ihren Schoß. Hätte sie doch davon nicht angefangen!

Ein Kind, dachte er, eines, das hier im Garten spielt, mit dem sie an den Strand fahren und Burgen bauen könnten. Er legte seinen Arm um Mathilde, zog sie näher.

»Ach, das wäre zu schön«, sagte er.

»So 'ne alte Mutter.«

»Du hast nur die ersten sieben verpasst«, sagte er, »und das Kleine hätte zum Ausgleich einen jungen Vater.« Er grinste sie an und küsste ihre Nasenspitze.

»Du bist garstig«, sagte Mathilde. Sie knuffte ihn in die Seite.

Als sie die Hühner in den Stall lockte, fehlte ihre beste Legehenne.

»Agathe ist weg!«, rief sie aus. »Bestimmt hat sie der Fuchs geholt.«

Dienstag, der 6. Juni 1922

Abhörungen

Am 31. Mai und am 1. Juni hatte der Oberstaatsanwalt Johannes Greve verhört. Nach eindringlicher Ermahnung zur Wahrheit hatte Greve zugegeben, den Plan, Frau Schmidt zu ermorden, einige Tage vor der Tat gehabt zu haben. Von irgendeiner anderen Seite, insbesondere von Frau Rasch, sei er in keiner Weise bestimmt worden. Er habe zwar mit ihr gesprochen, sei aber nicht mit ihr in persönliche Berührung gekommen, da sie zu der damaligen Zeit den Angestellten wenig zu sagen gehabt habe. Die Bewirtschaftung des Klinkerschen Hofes sei im Wesentlichen durch den Verwalter Schmidt erfolgt, der sich seine Anweisung von der Witwe Helene Schmidt geholt habe.

Nun fuhr Zuschlag mit dem ersten Zug nach Flensburg, um als Untersuchungsrichter noch einmal den Angeklagten zu vernehmen.

Immer, wenn er auf den Zug wartete, der seine Ankunft mit lautem Signal ankündigte, fühlte er wieder eine kleine Hand, die sich in seine schmiegte. Das würde wohl bis zum Ende seiner Tage so sein, denn wenn er früher seinem kleinen Sohn eine besondere Freude hatte machen wollen, waren sie mit dem Zug gefahren. Helmut hatte vor Aufregung gezappelt, aber er war nicht von der Hand des Vaters gewichen. Vierundzwanzig wäre er jetzt. Zuschlag seufzte.

Der Zug hielt, Dampf zischte und mischte sich mit dem Rauch der Lokomotive, hüllte die Reisenden ein, bevor der Wind die Wolke verteilte. Zuschlag ließ eine

Dame mit Gepäck vor, und während der Gepäckträger ihr die Koffer und Pakete ins Abteil brachte, stieg auch er ein und suchte sich einen freien Platz auf der rechten Seite. Denn so hatten sie immer gesessen, um einen Blick auf die großen Schiffe im Hafen zu haben, an denen der Zug eine Weile entlangfuhr, bevor er nach Norden abbog.

Der Schaffner gab das Signal zur Abfahrt und warf die Tür hinter sich mit lautem Knall zu. Der Zug fuhr schneller. Verdun, Verdun, sangen die Räder in seinen Ohren. Vor sechs Jahren war sein Sohn in Verdun gefallen – Kinder durften einfach nicht vor ihren Eltern sterben, dachte Zuschlag, schüttelte den Kopf und starrte mit brennenden Augen aus dem Abteilfenster.

Flensburg war nach der Abstimmung von 1920, bei der Nordschleswig wieder zu Dänemark gekommen war, eine Grenzstadt geworden und hatte fast die Hälfte seines Absatzgebietes verloren, mit schwerwiegenden wirtschaftlichen Folgen. Darüber war viel in der Zeitung zu lesen, aber es war auch in der Stadt zu sehen, an geschlossenen Geschäften und in den Gesichtern der Leute.

Zuschlag ging ohne Eile durch die Stadt.

Schloss Rotenstein, wie das Amtsgerichtsgefängnis genannt wurde, lag hoch über der Stadt, das Landgericht nebenan war ein monumentales Bauwerk aus roten Ziegelsteinen. Die beiden Gebäude sahen zusammen in der Tat wie eine Festung aus.

Vom Hafen her waren die Sirenen der Dampfer zu hören, die immer Sehnsucht in ihm weckten, mitzufahren, egal wohin. Zuschlag blieb am Hafermarkt an den Auslagen eines Tabakwarenladens stehen. Die

Kisten mit Zigarren, die Tabake aus südlichen Ländern und die unterschiedlichsten Pfeifen mochte er immer noch gerne anschauen. Aber dann ging er weiter, etwas schwer atmend, die steilen Straßen und Treppen hinauf. Er hatte schon vor Jahren mit dem Rauchen aufgehört. Und in dieser Zeit, in der alles so teuer war, war das nur vernünftig. Außerdem hatte der Doktor ihm dringend dazu geraten.

*

Die Tür zu seiner Zelle wurde wieder von außen verschlossen. Johannes Greve saß auf dem Schemel und lauschte auf die Schritte des Wärters, die sich entfernten. Er stützte den Kopf mit beiden Händen. Die Vernehmung durch den Amtsgerichtsrat hatte ihm alle Kraft abverlangt.

»Ich will heute die volle Wahrheit sagen«, hatte er auf die Vorhaltungen geantwortet, nicht alles bekannt zu haben. Das war seine fünfte Vernehmung seit der Verhaftung und vielleicht die letzte vor der Verhandlung.

Er hatte beinahe zwei Monate mit dieser furchtbaren Wahrheit gelebt, hatte sie sorgsam verpackt, verschnürt und in seinem innersten Keller vergraben, sonst hätte er gar nicht weiterleben können. Nun kam alles wieder ans Tageslicht. Auch der Augenblick war wieder präsent, als er so wie immer vom Hahnenschrei wach geworden war und im Dämmerlicht glaubte, alles sei nur ein Traum gewesen. Doch der Alptraum war Wirklichkeit. Und nichts konnte die Tat rückgängig machen.

Er hatte Schuld auf sich geladen – dass er es nicht so geplant hatte, änderte nichts. Manchmal hatte er seinem Leben ein Ende machen wollen, dann wollte er doch noch ein bisschen leben. Die Angst vor der

Entdeckung hatte ihn Tag für Tag begleitet. Doch mit der Zeit hatte er gehofft, dass die Suche nach dem Täter eingestellt würde. Dann hätte er mit dem verschnürten Päckchen weiterleben können.

Nun, wo die Wahrheit heraus war, musste er sie anschauen, am Tage, in den einsamen Stunden seiner Zelle und besonders in der Nacht. Das würde erst ein Ende haben, wenn ihm der Kopf abgeschlagen worden war. Diese Strafe musste er auf sich nehmen. Wie hatte er nur glauben können, die Witwe sei unbemerkt nach draußen zu locken? Nur in dem Fall hätte jeder Fremde als Täter in Frage kommen können.

> Und wieder geht er am Sonntagabend zeitig zu Bett, damit niemand auf den Gedanken kommt, er wolle noch ausgehen. Als Nikolaus Schmidt sein Fahrrad bei ihm in der Kammer abstellt, reden sie noch ein wenig miteinander. Er hält sich wach, bis es auf dem Hof dunkel ist. Dann zieht er seine grauschwarze Hose an, einen grauen Millitärrock, eine graue schlappe Schirmmütze und seine schwarzen Schnürstiefel. Die Eisenstange, die einen halben Meter lang ist und fingerdick, steckt er in seine linke Rocktasche. Die Stange war im Kuhstall gewesen. In seinen Hosentaschen hat er immer Klappbänder, vielleicht braucht er eines zum Erwürgen. In den Romanen werden die Opfer oft erwürgt. Das scheint nicht so schwer zu sein.
>
> Er geht auf die Landstraße durch die Dunkelheit. Alles ist still.
>
> »Begegnet mir einer, kehre ich um.«
>
> Aber niemand ist um diese Zeit unterwegs. Er

biegt in den Privatweg ein und kommt an die Hinterseite der Gärtnerei. Auch hier ist alles ruhig. Er weiß, wo das Schlafzimmer ist. Einmal hat er Frau Schmidt die Betten machen sehen, als er Korn abholte. Sie kann ihn nicht leiden, sie wird ihn entlassen, wenn sie erst auf dem Hof sitzt. Der Gedanke bestärkt ihn, seinen Plan auszuführen.

Er hebt die Faust, klopft ans Fenster und ruft laut: »Frau Schmidt, Sie möchten mal auf den Hof kommen, Frau Rasch ist plötzlich erkrankt.«

Im Schlafzimmer wird Licht gemacht. »Wer ist da?«

»Der Knecht Johannes Greve. Frau Rasch schickt mich.«

Da antwortet das Dienstmädchen Frieda Wiese: »Frau Schmidt zieht sich an, er soll warten.«

Danach wird die hintere Tür aufgeschlossen. Nun kann er nicht mehr zurück. Er tritt ein.

Nicht nur Frieda Wiese ist wach, auch die beiden Knaben sind es, und die Mutter, die hin- und hergeht beim Anziehen, sagt ihnen, dass sie zum Klinkerschen Hof gehen wird.

»Was fehlt denn der Frau Rasch«, fragt die Wiese.

Er zuckt mit den Schultern, sagt, das wisse er nicht.

Frau Schmidt schließt die Tür von außen zu und legt den Schlüssel unter einen umgedrehten Blumentopf. Dann gehen sie auf dem Weg hintereinander her bis zur Straße. Er soll neben ihr gehen, nicht so bummeln, verlangt die Schmidt.

Sie denkt nur an ihre Schwester und was geschehen sein mag.

Ich muss es hier und jetzt tun, denkt er, denn nachher sind mehr Häuser. Und so wirft er sich auf die ahnungslose Frau, reißt sie im Fallen mit zu Boden. Dann schlägt er auf ihren Kopf ein, mit bloßen Händen, denn die Eisenstange kann er nicht finden. Sie ringen miteinander, sie schreit und wehrt sich verzweifelt, er schlägt sie weiter mit seinen Fäusten, kniet auf ihr, drückt ihren Kopf herunter, fummelt das Strohklappband aus der Tasche, legt es um ihren Hals, aber sie reißt es herunter, darum schlägt er immer weiter mit den Fäusten auf ihren Kopf ein, bis sie schlaff wird. Aber er weiß nicht, ob sie tot ist. Da springt er auf, bricht sich aus der Hecke eine dicke Stange, die in der Dunkelheit hell leuchtet, und schlägt damit auf den Kopf der Frau ein, bis er merkt, dass kein Leben mehr in ihr ist. Dann packt er ihre Jacke und schleift die Leiche auf die Koppel.

Seine Hände fühlen sich klebrig an. Er wischt sie am Taschentuch ab. Alles ist still. Er knipst kurz seine Taschenlampe an, auf der Straße liegt die Eisenstange. Die steckt er wieder ein und geht den Weg zurück zum Haus.

Dort schlafen die drei Menschen, die er jetzt töten muss, weil sie ihn sonst verraten würden. Er schleicht sich ins Schlafzimmer, das Dienstmädchen ist kräftig, das muss er zuerst töten. Nun hat er die Eisenstange. Einer der Knaben wimmert und will sich unter der Bettdecke verkriechen. Aber das nützt ihm nichts.

In der Küche steht ein Eimer, da wäscht er sich das Blut von den Händen.

Erst danach packt ihn die Unruhe, so dass er sich kaum Zeit nimmt, nach Geld zu suchen. Das Fenster drückt er von außen ein, damit es nach einem Einbruch aussieht. Er mag nicht mehr an der ersten Mordstelle vorbeigehen, steigt über die Niemannsche Koppel. Die Eisenstange wirft er in den Teich von Architekt Petersen, kommt über die Tollgardsche Koppel bis zur Landstraße, da wo der Bäcker Schaaf wohnt. In seiner Kammer zählt er das Geld. Es sind 109 Mark.

Seitdem hört er das Wimmern des einen Knaben. Darum wird er für seine Tat büßen.

Mittwoch, der 7. Juni 1922

Der Gefangene

Der Amtsgerichtsrat kam schlecht gelaunt aus Flensburg zurück. Er hatte einen Brief an den Untersuchungsrichter mitgebracht.

Ich möchte bitten, mir die Erlaubnis, ob ich mir nicht eine Zeitung halten kann, da ich Geld zur Verfügung habe.
Greve, Johannes Untersuchungsgefangener.

»Drews, schreiben Sie: Ihr Gesuch zum Halten einer Zeitung wird abgelehnt. Der Untersuchungsrichter. – Der Kerl will nur in den Zeitungen nachlesen, was über ihn geschrieben wird«, schimpfte er. »Der sagt noch lange nicht die volle Wahrheit. Soll er eine Weile schmoren, vielleicht besinnt er sich.«

Zu den Aussagen kam auch die Personenbeschreibung in die Akte ›Greve‹.

Vater Jürgen Greve, Arbeiter in Louisenlund
Mutter Anna, geb. Kopstahl
Johannes Friedrich Greve geb. 27.10.1903 in Güby

Beschreibung der Person

Größe – 1.76
Gestalt – schlank
Haare – hellblond
Bart – keinen

Stirn – hoch
Augen – grau grün
Augenbrauen – buschig, hellblond weißlich
Nase – gradlinig schmal
Ohren – mittel
Mund – gewöhnlich
Zähne – vollständig
Kinn – rund
Gesichtsbildung – oval länglich
Gesichtsfarbe – gesund gebräunt
Hände – normal
Füße – normal
Gang Haltung – aufrecht
Sprache – deutsch
Bes. Kennzeichen – linke Seite am Hals einen Leberfleck

Zuschlag sammelte weiter Aussagen über Greve. »Erst, wenn wir uns ein genaues Bild von ihm machen können, wissen wir, was Lüge und was Wahrheit ist«, sagte er.

Und Carl August musste Briefe an fünf Zeugen schreiben, die für den 10.6. nach Ulsnis-Kirchenholz geladen wurden.

Aus Berlin kam ein Brief, der Gerichts-Chemiker sandte eine Rechnung über 615 Mark für die mikroskopische Haaruntersuchung.

Es habe keinen Anhaltspunkt dafür gegeben, dass die untersuchten Haare in den Händen der Toten mit denen der Frau Rasch übereinstimmten, war in dem Gutachten zu lesen. Helene Schmidt hatte sich demnach bei dem Kampf mit dem Mörder ihre eigenen künstlichen Haare ausgerissen.

Die Zeitungen hatten mit Erleichterung von der Verhaftung berichtet, aber niemand in der Bevölkerung wollte verstehen, dass der Mord an den vier Menschen nur zur Anschaffung von neuen Kleidern geschehen sein sollte. Einige Bürger fühlten sich genötigt, der Polizei behilflich zu sein, und schrieben Briefe. Einer kam von Peter Nissen aus Flensburg:

Heute Vormittag war ich im Gerichtsgebäude, um Sie, sehr geehrter Herr Oberstaatsanwalt, zu einer kurzen Unterredung inbezug der Ulsnisser Mordsache mitzuteilen, dass der Rasch gestern Abend gegen neun Uhr von meinem Bruder dem Herrn Hofbesitzer Karl Nissen in Hestoft Steinfeld bei Ulsnis in den Anlagen beim Kieler Bahnhof in Begleitung zweier jg. Mädchen von ihm gesehen ist.

Die allgemeine Annahme im Verdacht der Beihilfe

steht mit Ausnahme nur einer Nachbarfamilie auf Catarine Rasch. – Nur die Nachbarfamilie im ganzen Amtsbezirk giebt Catarine Schutz – Falls Sie, sehr geehrter Herr Oberstaatsanwalt meine heutige Mitteilung amtlich wünschen, so bin ich jederzeit bereit zu kommen.

Fürs übrige sei Gott gedankt und allen fleißigen Beamten, welche jetzt den Täter erfasst haben, gebührt größter Dank und Ehren.

Ich hoffe, dass im Laufe nächster Wochen vielleicht noch mehr ans Licht kommt, wo es unmöglich erscheint, dass ein Bestie solche Tat alleine ausüben kann.

Mit herzlichem Gruß von meiner lieben Frau an Sie, sehr geehrter Oberstaatsanwalt und an Ihre Frau Gemahlin

Ihr ganz ergebener Peter Nissen

Auch der Pastor schickte einen Brief:

Sonntag, der 11. Juni 1922

Ihrem Wunsche entsprechend habe ich während der vergangenen Woche auf meinen seelsorgerlichen Gängen mir ein möglichst umfassendes Bild von der Stimmung der Gemeinde zu dem Geständnis des Mörders zu verschaffen gesucht.
Nach meiner Kenntnis der Örtlichkeit mögen die Angaben des Täters im Allgemeinen zutreffend sein können; sollte er aber ausgesagt haben, er habe die Mordwaffe von Frau Niemanns Koppel aus in den Teich vor E. Petersens Haus geworfen, so wird eine Nachprüfung an Ort und Stelle ergeben, dass diese Angabe wohl falsch ist: Ein Wurf auf so weite Entfernung durch den dicht bestandenen, wenn auch am Tage der Tat noch laublosen Knick hindurch, hätte dem Täter geringe Gewähr geboten, sein Ziel, Versenkung der Waffe, zu erreichen. Übrigens dürfte Petersen, der ja angeblich die Stange in schräger Richtung aus dem Schlamm hat hervorragen sehen, vielleicht in der Lage sein, Angaben zu machen, aus denen Rückschlüsse auf die Wurfrichtung gezogen werden können.
Das Motiv der Tat wird in der Gemeinde fast allgemein als noch nicht endgültig festgestellt angesehen. Wenn die Ulsnisser in ihren Urteilen im allgemeinen auch auffallend zurückhaltend sind, begegnet doch gerade in diesem Punkte einem eigentümlichen Beharren auf dem voreingenommenen Standpunkte, dass das Begehren nach einem neuen Anzug keinen hinlänglichen Grund zur Begehung der Schreckenstat darstellen könne. Motiviert wurde mir gegenüber diese Meinung durch

die Auffassung, dass der Täter, hätte ihm nur daran gelegen, sich größere Geldmittel zu verschaffen, die beste Gelegenheit im Wohnhause gefunden habe, sich eine große Geldsumme zu verschaffen, ohne irgend nennenswerte Gefahr zu laufen. Es war ihm bekannt, dass Frau Klinker im März aus dem Verkauf von Ferkeln täglich größere Summen vereinnahmte. Zeitweilig schlief sie allein in der Wohnung, der Aufbewahrungsort der Gelder war dem Greve angeblich bekannt. Es hätte daher nach Auffassung vieler Dorfgenossen nahe gelegen, dass er diese sich ihm wie auf dem Präsentierteller darbietende Gelegenheit nicht ungenutzt gelassen hätte, sich mit reichlichen Geldmitteln zu versorgen. Da er für seine Verhältnisse mit eleganter Garderobe wohlversehen gewesen sein soll, wird in die Richtigkeit seiner Aussagen, soweit sie das Motiv der Tat betreffen, in weiten Kreisen Zweifel gesetzt.

Es wird behauptet, er sei auf der Knechtegilde in neuem Anzug, hellem Überzieher und Seidenveloursbut erschienen, habe diese Ausrüstung schon Ostern besessen und auf Befragen erklärt, die Garderobe an Weihnachten für neunhundert Mark gekauft zu haben. Besaß er diese Kleidungsstücke tatsächlich schon Anfang April, so fällt damit ja allerdings der Wunsch, sich anständige Kleidungsstücke zu beschaffen, als Motiv der Tat fort. Ein eigenartiges Gerücht muss ich doch wohl registrieren, das, wenn nichts anderes, so doch bezeichnend für die Ideengänge ist, mit denen sein Hirn angefüllt war. Er soll einem Freunde gegenüber geäußert haben, nächstens werde er sich mit Frau Rasch (!) verloben! Da mir eine durchaus einwandfreie Persönlichkeit als Zeugin dafür genannt wurde, dass diese Äußerung von der Schwiegermutter der Ermordeten der

Frau Rasch vorgehalten worden ist, glaubte ich, diesen Umstand nicht stillschweigend übergehen zu dürfen, wenn ich persönlich auch Frau Rasch für viel zu klug halte, als dass sie sich durch unbedachte Äußerungen auf Lebenszeit in die Hände eines notorischen Verbrechers geben sollte. Mit Frau Rasch habe ich die durch das Geständnis des Mörders geschaffene neue Lage noch nicht besprechen können, weil ich sie bei mehrmaligen Versuchen, sie aufzusuchen, stets auf Reisen fand. Ich suchte daher ihren Onkel und Bevollmächtigten, den Amtsvorsteher Gabriel auf, ging mit ihm eingehend die Einzelheiten der Geschehnisse in vertraulicher Zwiesprache durch und gewann den Eindruck, dass er, tiefbekümmert über die Hartnäckigkeit, mit der die Gemeinde an der seine Nichte nachteiligen Auffassung von den Motiven der Tat gleich mir der Ansicht ist, dass eine Mitwirkung der Frau Rasch für uns außerhalb der Grenze des Denkbaren liegt.

Pastor Loos

Sonnabend, der 17. Juni 1922

Briefe des Gefangenen

Die Landjägerei in Fleckeby sandte Greves Briefe, die er an seine Eltern geschickt hatte, als er im vergangenen Jahr im Strafgefängnis Glückstadt gewesen war, an das Amtsgericht. Der Amtsgerichtsrat las sie und reichte sie dann an Carl August weiter zum Lesen. Danach sollte er sie der Akte ›Greve‹ beifügen.

Der erste Brief war im August 1921, der letzte kurz vor Weihnachten desselben Jahres geschrieben worden. Auf liniertem Papier der Anstalt war in Sütterlin zu lesen:

Liebe Eltern und Geschwister!

Euren lieben Brief mit Dank erhalten. Bin noch immer gesund und kreuzfidel, welches ich auch von Euch allen hoffe. Den Kopf hängen lassen, hat ja keinen Zweck. Habe noch hundertzwanzig Tage. Ich freue mich schon. Auch für mich blühen noch mal die Tage der Rosen. Liebe Eltern, ich darf man alle vier Wochen ein Paket bekommen. Das Paket, das ihr letzte Woche abgeschickt habt, bekomme ich noch. Habe es noch nicht erhalten. Dann dürft ihr nicht eher wieder ein Paket schicken, bis ich Euch ein Paketzettel geschickt hab, denn der muss dabei sein. Den Zettel packt Ihr dann mit ins Paket, aber nicht vergessen, sonst kriege ich es nicht, und oben auf dem Paket schreibt Ihr die Nummer 408/21. Aber nicht vergessen. Dies Paket bekomme ich noch so. Ihr dürft nur wieder erst ein Paket schicken, wenn Ihr den Zettel habt. Ich habe ein Kielo Zwo zugenommen. Bin auch größer geworden hier ist es schlechtes Wetter. Jeden Tag Regenschauer und kalte Luft. Aber ich sitze im Trockenen. Jeden Sonntag haben wir Kirchgang wir müssen gleich hin. Grüße alle Bekannte und Verwandte von mir. Zum Schneeschaufeln bin ich wieder da. Zu Weihnachten. Viele Grüße von hier sendet

Euer Sohn und Bruder Johannes.

In jedem Brief notierte er die Tage, die es noch bis zu seiner Entlassung waren. Seife wünschte er sich, denn er habe keine mehr, und Äpfel könnten sie ihm auch schicken, aber nicht zu viele.

Auch dürft ihr nicht mehr schicken wie ein Brot. Euer letztes Paket habe ich erhalten. Es hat fein geschmeckt. Das Feinbrot war schon bißchen verschimmelt, aber ich habe gar nichts davon gemerkt.

Ich freue mich, dass ich ein paar Äpfel zu meinem Geburtstage habe.

Aber liebe Eltern, dann kriege ich wohl zuerst Bratkartoffel, denn da verlange ich nach.

Carl August fand auch andere Stellen in den Briefen:

Dass ich hier bin, muss auch wieder vergessen werden.

Schreibt mir, was die Leute über mich sagen. Aber ich achte da ja doch nicht drauf, ich ziehe mich in eine andere Gegend hin.

Und:

Ich freue mich bloß, dass meine Eltern mich nicht vergessen haben, das ist doch eine Erleichterung für mich, denn ihr könnt sicher glauben, liebe Eltern, es ist für mich nicht leicht, wieder durch die Heimat und ins Elternhaus zu gehen. Aber ich denke doch, dass ich widerstehen kann, denn ich bin als reiner Sohn von Euch gegangen und werde mit ein beflecktes Leben wiederkehren. Das kann ich nicht fertig bringen und meinen Geschwister unter die Augen zu treten. Das muss denn so bleiben wie es ist. Ich habe alles verloren in diesem Kampf, aber meine Eltern und meinen Gott habe ich doch behalten.

»So, so, kreuzfidel war der Bursche im Gefängnis! Hört sich ganz vergnügt an, sitzt trocken und wird nicht nass, während die anderen das Sommerkorn mähen.« Zuschlag machte ein grimmiges Gesicht. »Viel Reue zeigte er damals schon nicht.«

Carl August war aber an dem Satz: *Auch für mich blühen noch mal die Tage der Rosen* hängen geblieben. Das musste das schöne Lied sein, das seine Mutter oft und gerne gesungen hatte.

Noch ist die blühende, goldene Zeit, o du schöne Welt, wie bist du so weit. Und so weit ist mein Herz, und so blau wie der Tag – etwas mit Lerchenschlag kam dann, er müsste es laut singen, dann würde es ihm wieder einfallen, und die zweite Strophe war besonders schön, sehr dazu geeignet, im Gefängnis zu singen.

Frei ist das Herz und frei ist das Lied, und frei ist der Bursch, der die Welt durchzieht, und ein rosiger Kuss ist nicht minder frei …

Und der Refrain hieß: *Noch ist ja die blühende, goldene Zeit, noch sind die Tage der Rosen.*

Carl August dachte, dass es für den Mörder Greve nie wieder so eine Zeit geben würde.

*

Der Landmann Johannes Koch, bei dem Johannes Greve in seinem letzten Schuljahr als Dienstjunge in Stellung war, schrieb:

Ich habe Ihren werten Brief erhalten und daraus gesehen, dass ich über die Person und Eigenschaften sowie Charaktereigenschaften Antwort geben soll. Der Johannes Greve war nämlich ein Mensch seltener Art, wenn er Lust hatte zu arbeiten, arbeitete er gut. Wenn er aber keine Lust hatte, schaffte er gar nichts, war bummelig und klug für sich, ja kann sagen hinterlistig und sann über allerhand Dummheiten nach, es heißt, so im Stillen, was er spekulierte, bekam man nicht zu wissen. Nur eines äußerte er sich immer, er verdiente nie Geld genug. Er hatte überhaupt fürchterliche Gier nach Geld, und konnte nie genug kriegen, meinte er, um sich Zeug, Schuhe und Stiefeln anzuschaffen. Ich habe ihn zwar stets zum Guten geraten und ihm vorgestellt, dass sein Vater und Mutter noch lebten, die doch ebenfalls für ihn sorgten, und wenn er selbst auch Geld verdiene, dass er sich dann doch leicht in Zeug halten könne.

Ich wollte einen guten Menschen aus ihn haben, habe ihn alles landwirtschaftliche Arbeiten gelernt, was er noch nicht kannte, und habe ihm vorgestellt wenn er größer würde und nachher als junger Mann oder Knecht gehen, wie schön es dann ist, wenn er alle Arbeiten kenne, so könne er doch leicht so viel Geld verdienen, als er gebrauche. Ja, er könne sich noch Geld über sparen. Er aber hat einen anderen Weg eingebracht. An ihm ist richtig das Sprichwort wahr geworden: Bei Kleinem fängt man an und bei Großem hört man auf!

Mittwoch, der 21. Juni 1922

Weitere Zeugenaussagen

Die beiden sechzehnjährigen Dienstmädchen, Marie Beusen und Magdalene Kruse, die als Zeugen auszusagen hatten, erschienen im Amtsgericht. Beide arbeiteten seit dem 1. Mai nicht mehr auf dem Klinkerschen Hof, sagten aber, dass Katharina Rasch immer nett zu ihnen gewesen sei. Nie hätten sie gesehen, dass sie mit Greve gesprochen habe. Auf dem Knechteball vor Himmelfahrt seien sie gewesen und hätten auch mit Greve getanzt. Er sei sehr vergnügt gewesen und hätte jeden Tanz mitgetanzt. Da sie nicht wussten, dass Greve vorbestraft sei und er so ruhig wie sonst war, seien sie gar nicht auf den Gedanken gekommen, dass er der Mörder sein könne. Dass er sich mit Frau Rasch habe verloben wollen, hätten sie nicht gehört.

Ein weiterer Zeuge war der zweiunddreißigjährige Volksschullehrer Claus Jess. Seit zwei Jahren sei Max Schmidt in der Schule in Süderbrarup gewesen und seit dieser Zeit bei ihm in Pension. Jeden Sonnabend fuhr er nach Hause, bei gutem Wetter mit dem Rad, sofort nach dem Mittagessen und bei schlechtem Wetter mit dem um drei Uhr nachmittags von Süderbrarup nach Steinfeld gehenden Zuge. Am Sonntagabend sei Max immer regelmäßig zurückgefahren, zusammen mit zwei anderen Knaben aus Ulsnis. Wegen einer Lehrerkonferenz sei die Schule am 3. April ausgefallen.

»Max war so beliebt unter den Lehrern, dass die ganze Versammlung beim Hören der Nachricht von seiner Er-

mordung einfach unfähig war, noch weiter zu arbeiten. Der Max war so tüchtig, dass er, wenn meine Frau krank war, früh aufstand und das Notwendigste im Haushalt für sie in der rührigsten Weise besorgte.«

Er erzählte weiter, dass er Frau Schmidt am 28. März besucht habe. Frau Rasch sei ebenfalls anwesend gewesen, sie hätten zusammen Kaffee getrunken. Die Frau Rasch habe ihm erzählt, dass sie allmählich nach der Gärtnerei herunter zöge. Zu diesem Zweck habe sie einen Korb mit Sachen mitgebracht. Nach deren Weggang habe er sich mit der Witwe Schmidt über ihre Stiefschwester unterhalten, wobei sie ihm erzählte, dass sie ihr die Hölzung zu Eigentum geben wolle.

»Ich machte noch den Einwand, ob sie dies dürfe, weil doch ihre Kinder ebenso erbberechtigt seien wie sie selbst. Bezüglich der Hölzung riet ich der Witwe Schmidt, sie möchte ihrer Schwester die Nutznießung daran geben, aber nicht das Eigentum.«

Und zum Schluss bemerkte er:

»Ich habe vor der erwähnten Zeit mit meiner Familie mal bei größeren Gesellschaften die Witwe Schmidt besucht. Es ist mir aufgefallen, dass zwischen den beiden Knaben und der Frau Rasch ein inniges Verhältnis nicht bestand.«

Mittwoch, der 28. Juni 1922

Veränderungen

Als Carl August am Abend nach Hause kam, saß Mathilde am Tisch und las in der Zeitung. Er stellte seine Tasche ab, umarmte sie und rieb seine Wange an ihrer. Sie lächelte und gab ihm einen Kuss, hielt aber den Finger auf dem Artikel.

»*Kommunisten, Sozialdemokraten, Gewerkschafter sowie Anhänger anderer demokratischer Parteien fordern gemeinsam durchgreifende Schutzmaßnahmen für die junge Republik*«, las Mathilde laut.

Gestern war unter großer Anteilnahme der ermordete Außenminister Walther Rathenau beigesetzt worden.

»*Das ist der 354. politische Mord seit Bestehen der Weimarer Republik. Die Welle der Gewalt begann 1919 mit der Erschießung von Rosa Luxemburg und Karl Liebknecht. Aus Angst vor weiteren Terroranschlägen stornieren viele Ausländer ihre Reisen ins Deutsche Reich*«, fuhr Mathilde fort.

»Europa ist seit dem Krieg noch nicht zur Ruhe gekommen«, sagte er. »Hungersnot in Russland, Aufstände in Irland und in Österreich gibt es eine katastrophale Inflation.«

»Weit weg sind wir davon auch nicht – oder was meinst du?«

Er hob die Schultern. »Von Wirtschaftspolitik verstehe ich nichts.«

»Manchmal mag ich gar nicht mehr die Zeitung lesen. Lauter schlimme Nachrichten.« Sie faltete das

Blatt zusammen. »Als wir noch einen Kaiser hatten, war alles anders.«

»Aber mit ihm hat der Krieg angefangen, und weil die Herren glaubten, sie könnten sich anschließend die Kriegskosten von den Unterlegenen abholen, haben wir den Schlamassel«, sagte er.

Doch um Mathilde auf freundlichere Gedanken zu bringen, fragte er nach Agathes Wohlergehen, und gleich zauberte er Freude in ihr Gesicht. Die Henne war, nachdem sie einundzwanzig Tage verschwunden gewesen war, mit dreizehn Küken wiedergekommen. Sie musste sich irgendwo ein Nest gemacht haben und hatte die Eier so lange alleine ausgebrütet.

»Ich muss dir etwas erzählen«, begann er.

»Hoffentlich was Gutes!«

»Also, ich bin der Meinung – ja.« Er nickte und holte tief Luft. »Zuschlag sagte mir, ich müsse, um Kanzleidiätar zu werden, demnächst aufs Landgericht nach Flensburg. Dort gibt es neun Gerichtsschreiber zur Zeit.«

»Oh, so bald!« Sie schlug die Hand vor den Mund.

Er sah sie lächelnd an. »Ich habe meine Stelle gekündigt.«

»Was hast du?!«

»Zum 1.2. fange ich hier in Kappeln beim *Schleiboten* an. Der Chefredakteur will es mit mir versuchen.« Er hatte Edgar Hansen auch einige kurze Geschichten vorgelegt, die er in der letzten Zeit geschrieben hatte, und die hatten vermutlich bewirkt, dass er eingestellt werden sollte. »Was sagst du dazu?«

Sie strahlte ihn an. »Carl August, ich bin stolz auf dich.«

Er nahm sie in seine Arme. »Sag das noch einmal, bitte. Das tut so gut«, murmelte er dicht an ihrem Ohr, so dass sie lachen musste, weil sie gerade da sehr kitzelig war.

Sonnabend, der 1. Juli 1922

Akte geschlossen

Amtsgerichtsrat Zuschlag saß im letzten Zug, der ihn zurück nach Kappeln bringen würde.

Er hatte Johannes Greve ein letztes Mal verhört. In seinem Kopf hallten Rede und Gegenrede nach. Jetzt war die Akte ›Greve‹ geschlossen.

Blass hatte der Knecht ausgesehen, nach nur einem Monat Gefängnis, was kein Wunder war für einen Menschen, der körperliche Arbeit und Bewegung an der frischen Luft gewohnt war. Immerhin hatte er jetzt zugegeben, dass er den Plan zu einem Diebstahl schon drei oder vier Wochen nach Antritt seiner Stelle auf dem Klinkerschen Hof gefasst hatte. Aber dass er nicht wusste, dass Frau Schmidt eine Erbschaft hinter dem alten Klinker antreten sollte, war merkwürdig. Darum hatte Zuschlag nachgefragt und die Antwort erhalten, dass Greve wohl wusste, dass sie auf den Klinkerschen Besitz umziehen würde, aber nicht, dass sie in der nächsten Woche den Umzug hätte ausführen wollen.

Zuschlag nahm die fünf mit der Schreibmaschine beschriebenen Seiten zur Hand. Da hätte er noch einmal nachhaken müssen. Stattdessen hatte er sich alles über die Zeit nach dem Mord erzählen lassen und über den Kauf eines Anzugs.

Auch über den Ball hatte er genaue Auskunft erhalten.

»Auf dem Knechteball habe ich flott getanzt und habe auch die Mädchen abgeknutscht, ich war auch sehr ver-

gnügt nach außen hin, damit ich auf andere Gedanken kam. Ich konnte es abends in meinem Zimmer nicht mehr aushalten und ging deshalb auf den Ball.

Ich kann mich eines Gespräches mit der Luise Kruse nicht mehr entsinnen. Wenn ich zu ihr eine Äußerung gemacht haben sollte, ich wolle mich mit Frau Rasch verloben, so ist dies nur Scherz gewesen. Ich habe nie an eine Verlobung mit Frau Rasch gedacht, zumal sie viel älter ist wie ich.«

Zuschlag rieb sich müde über die Augen und steckte die Blätter zu den Akten in seine Tasche. Er verspürte keine Freude bei dem Gedanken, dass nun der Fall so gut wie abgeschlossen war.

Sie hatten alle Zeugen vernommen, Auskünfte über Greve bei seinen Lehrern, dem Gutsherrn von Louisenlund und den früheren Arbeitgebern eingeholt. Die einhellige Meinung war, dass Greve ein intelligenter Mensch war, dem keiner diesen Mord zugetraut hätte. Nur sein Vater sagte, sein Sohn habe es verdient, dass ihm der Kopf abgehackt werde, er wolle ihn nicht wiedersehen. Der Vater lag geschwächt zu Bett nach einer schweren Lungenentzündung.

Dienstag, der 4. Juli 1922

Brief des Lehrers

Katharina Rasch war ins Amtsgericht als Zeugin vorgeladen. Sie hatte den Brief des Lehrers Neels aus Ahrensberg mitgebracht. Seit Ende Februar hatte sie gewusst, dass Greve im Gefängnis gewesen war.

Sie erklärte, warum sie den Knecht nicht entlassen hatte. Außerdem habe sie dem Landjägermeister Chmella gleich mitgeteilt, dass sie einen vorbestraften Knecht hätten.

Amtsgerichtsrat Zuschlag las den Brief mit gerunzelter Stirn, dann kam er zu den Akten.

Ahrensberg, 22.2.22
Geehrte Frau Rasch!

In Beantwortung Ihres Schreibens vom 17. d. Mts. Teile ich Ihnen Folgendes mit:
G. ist mir ein lieber Schüler gewesen, er war stets arbeitswillig, freundlich und sehr zuvorkommend.
Im letzten Schuljahre war er als Dienstjunge bei einem Landmann in Hummelfeld, woselbst er konfirmiert wurde und noch 2 Jahre nach der Konfirmation im Dienst verblieb.
Leider hat er sich später des Diebstahls schuldig gemacht, was ihm eine Gefängnisstrafe einbrachte. Mit Bedauern habe ich s. Z. darüber erfahren; hoffentlich haben die unangenehmen Folgen ihn eines Besseren belehrt.
Hochachtend
Neels

»Wusste Ihre Schwester von der Vorstrafe des Greve?«

»Wir wurden uns einig, ihn zu entlassen, wenn er mehr Lohn gefordert hätte.«

»Sie sollen gesagt haben, Ihre Schwester habe Angst vor ihm gehabt.«

»Angst hatte sie nicht, er war ihr eher unsympathisch.«

»Sie haben ihm aber höheren Lohn gegeben.«

»Ohne mein Wissen hatte meine Schwester dem Greve den Lohn für den Monat April auf 320 Mark monatlich erhöht.«

»Bei Ihnen hat Greve keinen höheren Lohn verlangt?«

»Niemals, und er hat auch nichts davon gesagt, dass er keinen guten Anzug hätte.«

»Haben Sie sich nicht gefragt, wovon er ein blaues Auge hatte?«

»Ich habe den Greve in den ersten Tagen nach dem Mord gar nicht gesehen.«

»Greve behauptet, dass er nur schlechte Kleidung und Stiefel besaß.«

Sie sah ihn nachdenklich an. »Greve hatte sonntags einen schwarzen Anzug an, der anscheinend sein Konfirmationsanzug war und aus dem er herausgewachsen war.«

»Ist Ihnen noch irgendetwas aufgefallen, das Sie uns mitteilen wollen?«

Sie überlegte eine Weile. Dann sagte sie:»*Meine Stiefmutter und ich haben verschiedentlich ein paar Wochen vor dem Morde nachts Geräusch an der Außenseite des Wohnhauses gehört, das uns beunruhigte. In einer Nacht, wo im Frauenverein in der Gastwirtschaft von Schmidt in Ulsniskirchenholz eine Festlichkeit war, zu der auch Fräulein Nanning eingeladen war, hörte ich die ganze Nacht am Hause ein verdächtiges Geräusch. Ich konnte von meinem Fenster aus sehen, dass Greve noch um zwölf Uhr nachts Licht in seiner Kammer hatte, was mir sonst nie aufgefallen war. Wienke hat den Greve noch in der Nacht beobachtet, hat aber nichts Verdächtiges feststellen können.*

Da die beiden Mädchen und der Verwalter Schmidt auch auf dem Feste waren, waren ich und meine Stiefmutter alleine in der Nacht zu Hause.«

»Können Sie uns noch etwas über Greve mitteilen?«

»Ich hatte mit ihm persönlich wenig zu tun. Wenn ich ihm einen Auftrag gab, war er immer sehr diensteifrig.«

»Hätten Sie ihm Geld für Kleidung gegeben, wenn er Sie darum gebeten hätte?«

»Wenn er dies nötig gehabt hätte, hätte ich ihm selbstverständlich etwas gegeben.«

»Dann habe ich keine weiteren Fragen«, sagte Zuschlag.

Er las ihr die Aussage vor und sah zu, wie sie schwungvoll Frau *Katharina Rasch geb. Klinker* darunter schrieb, bevor er und Drews ebenfalls ihre Namen eine Zeile tiefer setzten, so dass alles seine Richtigkeit hatte.

*

Auf der Treppe im Amtsgericht musste sich Katharina am Geländer festhalten. Schwer atmend verharrte sie einen Augenblick, bis die Übelkeit und der rasende Kopfschmerz abebbten. Warum hatte sie nur von der Nacht erzählt? War sie denn wahnsinnig?

Dienstag, der 11. Juli 1922

Die Eltern

Geehrter Herr Pastor!

Ihren Brief mit vielem Dank empfangen. Es freut mich, dass ich einige Zeilen und tröstende Worte in dieser Einsamkeit meines schweren Hierseins aus der lieben Heimat erhalten habe. Ihren Brief ist eine wahre Erquickung und Stärkung meiner Seele in dieser untröstlichen Lage, in der ich mich befinde. Aber es kann nicht anders sein. Ich habe Unrecht getan, und Strafe muss sein. Es wird dies wohl meine letzte Strafe sein, und meine Stunden sind gezählt. Weihnachten werde ich wohl nicht mehr erleben. Ich warte nur meinen Termin ab. Von meinem Urteil hängt mein ganzes Leben ab. Darum ist Ihr Brief eine so große Freude für mich. Auch bin ich Ihnen unsagbar vielen Dank schuldig, dass Sie sich meiner armen Eltern angenommen haben, sie besuchten und tröstende Worte in den Augenblicken bringen, da sie verzagen möchten. Ich gedenke ihrer jede Minute, welches große Herzeleid ich sie, meiner Geschwister und meiner ganzen Familie gemacht habe. Vor allem meine jüngste Schwester, die ich ihr ganzes Lebensglück zerstört habe, sie die Stelle meinetwegen aufgegeben hat und jetzt als ein Verirrter, der nirgends ein sicheres Obdach hat, umherwandern muss. Das Unglück, was ich Ihnen gemacht habe, wäre unvergeldbar, wenn die Liebe nicht wer. Wenn auch Hand von Hand sich trennen, aber Liebe lässt von Liebe nicht. Wenn auch alle Menschen mich verlassen, meinen Gott verlässt mich nicht.

Ich werde beten und ringen bis zum letzten Lebenshauch um seine Gnade. Er möge Gnade und Erbarmen haben mit mir armen Sünder. Ferner möge Er Gnade walten lassen über meine Richter, dass mich nicht eine allzu harte Strafe trifft. Ich werde die Erdenheimat Luisenlund nicht wieder mit meinen Augen sehen, denn es steht in der Bibel, wer Menschenblut vergießet, dessen Blut soll wieder vergossen werden. Ich habe es getan, ich habe gegen das fünfte Gebot gesündigt, ich habe wohlgerechte Strafe verdient. Das einzige, was ich tue, ich bete und hoffe auf Gottesgnade, er möge Erbarmen mit mir haben und mir nicht verstoßen. Darum ist ihr Brief eine so unaussprechliche große Freude für mich in dieser schweren Zeit, in der ich mich befinde, wo nicht ein Fünklein Liebe aus der Heimat in der Einsamkeit hereindringt, und mir die letzten Tage meines Lebens leichter machen mögen. Ferner bete ich, möge Gott Gnade und Erbarmen haben mit meinen Eltern, sie stärken in den schweren Stunden, in der sie verzagen möchten. Dass sie mich vergessen mögen, wenn ich nicht mehr sein werde. Schreiben habe ich sie noch nicht gekonnt, weil es mir über die Kraft ging, aber jetzt da ich Ihren Brief erhalten habe, habe ich Kraft und Mut, einen Brief beizulegen, und bitte Sie, meinen Eltern den zu geben. Ferner bin ich den Herzog und die Herzogin großen Dank schuldig, dass sie sich meiner armen Eltern angenommen haben und fernhin ihnen auch wohl Schutz und Beistand leisten werden. Wenn es Ihnen keine Unannehmlichkeiten bereiten wird, sondern Freude, einen armen Sünder zu helfen, so bitte ich um das Gebetbüchlein von Pastor Jessen, das ich zur Konfirmation erhalten habe. Es ist bei meinen Eltern zu Hause. Ferner habe ich einige gute Bücher bei meinen

Sachen, wie zum Beispiel 21 Seemeilen vom Südpol. *Wenn es Ihnen und meinen Eltern Freude bereiten wird, sie mir zu schicken, so bitte ich darum.*

Bitte schreibe mir das nähere über meine Eltern und Geschwister.

Mit Gruß Johannes Greve
Flensburg Südergraben Nr. 24.
An Herrn Pastor Hinnrichsen Kosel Kreis Eckernförde.

*

Liebe Eltern und Geschwister!

Eurer allgedenkend schreibe ich diese Zeilen in der Einsamkeit meines Kummers, dessen ich ein Opfer geworden bin. Tief bereut mich diese Schuld, die ich begangen habe. Aber die Reue kam zu spät. Hätte ich doch blos die Versuchung übern Haufen geworfen, als sie sich an mich heranwagte, aber ich war zu schwach und musste unterliegen. Jetzt bereut es mich aus tiefstem Herzen, dass ich Euch allen so großes Herzeleid bereitet habe. Könnt Ihr mir noch einmal vergeben, vielleicht ist es noch nicht zu spät, und hilft mir meine Strafe leichter zu tragen. Wenn ihr mir nicht vergeben könnt, liebe Eltern und Geschwister, so vergesset mich, denn ich bin nicht wert, dass ich noch Euer Sohn und Bruder heiße. Stoßt mich hinaus aus dem Elternhause, weil ich Euch so großes Unglück gemacht habe. Ich werde in nächster Zeit vor den Richtern gestellt und werde die wohlverdiente Strafe erhalten. Ich werde sie hinnehmen, wie sie mich trifft, weil ich sie verdient habe. Bis zu dieser Stunde bin ich noch gesund. Und sollte ich, so Gott es will, noch wieder raus kommen, was unter

Umständen wohl nicht geschehen kann, so bitte ich Euch, vergibt mir, aber vergesset mich. Ich werde Euch dann nicht wieder unter die Augen treten. Ich werde in eine andere Welt hinüberwandern und dort arbeiten als ein Ausgestoßener, der im Schweiße seines Angesichts sein Brot essen muss. Vertraut auf Gott, liebe Eltern und Geschwister, er wird Euch nicht verlassen. Ich bete auch zu ihm, er möge mich nicht verlassen und hoffe, er wird es auch nicht tun. Er wird auch seine schützende Hand über mir walten lassen und mich auf dem Termin als einen reuigen bußfertigen Sünder erscheinen lassen. Und die Richter werden dann auch Gnade über mir walten lassen. Euer gedenkend verbleibe ich in meiner schweren Lage
Euer Sohn und Bruder Johannes.

Möchte den Herrn Untersuchungsrichter bitten, wie es mit meinem Gelde steht, ob es mir noch zugesandt wird. Sie haben sich doch der Sache angenommen, und ich möchte es gerne haben. Wenn Sie es nicht können, müsste ich den Pastor Hinnrichsen in Kosel damit beauftragen, damit die Sache in Richtigkeit kommt.
Johannes Greve
Untersuchungsgefangener

»Soll er doch noch wenigstens sein Geld vor der Hinrichtung bekommen«, sagte Zuschlag.

Er diktierte einen kurzen Brief an den Untersuchungsgefangenen und einen an den Verwalter auf dem Klinkerschen Hof.

Eilt! Er habe Frau Rasch schon vor längerer Zeit darum gebeten.

Mittwoch, der 23. August 1922

Verurteilt

Um 9 Uhr morgens begann der Schwurgerichtsprozess gegen den Dienstknecht Johannes Greve im Landgericht Flensburg. Einundzwanzig Zeugen waren geladen, auch Katharina Rasch. Nach einer Mittagspause war die Beweiserhebung um 18 Uhr geschlossen worden. Danach hielt Oberstaatsanwalt von Nordenskjöld sein Plädoyer zur Begründung der Anklage, was eine gute Stunde dauerte. Zum Schluss ersuchte er die zwölf Geschworenen, die Frage nach Mord zu bejahen. Die Rede des Verteidigers fiel wesentlich kürzer aus, weil der Angeklagte geständig war. Die Geschworenen zogen sich zur Beratung zurück.

Ihr Spruch lautete: des Mordes schuldig in drei Fällen, in einem Fall wegen Totschlags.

Johannes Greve, der noch bei der Erwähnung seiner Eltern zu weinen angefangen hatte, nahm das Urteil ohne Gemütsbewegung an.

Katharina Rasch, an deren Arm Helenes Schwiegermutter mehr hing als ging, atmete auf, als sie das Gebäude verließen und sich auf den Weg zu einer Droschke machten, die sie zum Bahnhof bringen sollte. Katharina hatte nicht daran gezweifelt, dass Greve zum Tode verurteilt werden würde. Trotzdem fiel nun eine Last von ihr ab. Nun konnte ihr Leben endlich beginnen. Sie würde sogar wieder Muße haben, Bücher zu lesen oder Klavier zu spielen. Und sie konnte sich Gedanken über eine Heirat machen. Wenn sie einen

Klinker nähme, es gab genügend Männer dieses Namens, die nicht mit ihr verwandt waren, dann würde sie wieder ihren klingenden Namen tragen – Katharina Klinker. Damit wäre alles wieder gut.

»Wo wird dem Greve denn der Kopf abgehackt?«, unterbrach Maria Schmidt Katharinas Gedankenflug.

»In Berlin, nehme ich an«, sagte Katharina.

»Der Saal mit den Kronleuchtern, der Holzvertäfelung und den Gemälden war richtig eindrucksvoll.«

»Ich möchte aber lieber nicht mehr dahin«, entgegnete Katharina.

Wegen des Erbes war sie sich mit Helenes Schwiegermutter einig geworden, nachdem feststand, dass die beiden Brüder von Willi Schmidt erbberechtigt waren. Der eine, der in Hamburg wohnte, war vermutlich froh über das Geld. Hermann Schmidt, der eine Zeitlang in Kanada gelebt hatte, würde in die Gärtnerei ziehen. Katharina dachte mit Schaudern daran, auch nur eine Nacht dort zu verbringen. Aber einem Mann, der in der Wildnis mit Bären und Wölfen zu tun gehabt hatte, konnte so ein Mordhaus bestimmt nichts anhaben.

*

Als Carl August nach Hause kam, sagte Mathilde: »Schau dir mal an, was ich heute gekauft habe.«

Sie streckte ihm zwei Postkarten hin. Mit Verwunderung erkannte er auf einem Foto Johannes Greve in seinem besten Anzug mit Weste und Uhrkette. Die linke Hand hielt er auf dem Rücken.

»Da hat er wohl die Eisenstange versteckt«, sagte Carl August.

Auf der anderen Postkarte waren die beiden Ermittler, Kriminalkommissar von Kulick mit einem

Vergrößerungsglas in der Hand und sein Assistent Holst, zu sehen.

»Worauf die Leute alles kommen!«

»Vor Greve hätte ich weniger Angst als vor dem da.« Mathilde tippte auf Holst.

»Da siehst du mal, wie schwer es ist, Verbrecher zu erkennen«, sagte Carl August.

Mittwoch, der 25. Oktober 1922

Die Mutter

Lieber Sohn und Bruder!

Mit Weinen nahmen wir die Feder zur Hand, um Dir zum letzten Mall noch ein paar Zeilen zu Schreiben. Schwer ist es für uns, lieber Sohn und Bruder, dass du uns ein so grosses Unglück und Herzeleid bereitet hast. Wie konntes du doch blos ein solcher Schrecklichen Stunde bekommen. Vor Schmerz und Gram können deine armen Eltern wohl unter die Erde gehen, du hast doch nicht an deine Eltern und Geschwister gedacht, nein ich will meine Eltern nicht wieder Kummer und Elend machen, Gedenke doch, wie Schwer und Sauer wir dir groß gemacht haben, und haben dich vorichen Winder mit Freuden, wie deine Schwester Wilhelmine dich vom Bahnhof abholt, und wir haben dich aufgenommen, und haben dich gepflegt, das du wieder unter Kräften kämes, und nun hast du uns wieder solche Last auferlegt auf unsre alten Tagen, aber alle Menschen, und unsere Herrschaften haben grosses Mitleid mit uns getragen, und sind jeden Tag zu uns gekommen, indem dein Vater mit 3 ten Mall in Lungenentzündung lag. Wie die Nachtrich sich verbreitet denks du vieleich noch mall an die letze Stunde, wie du von uns gings, und wie du sagtes aufwiedersehn. Halt euch mann munter, die Worte werden wir nie vergessen und nie werden wir uns im Leben wieder sehen, aber der liebe Gott wird uns dann droben bei Jesus uns wieder finden, kennst du den schönen Sprucht noch. Da droben da droben vor der Himmlischen Tür da steht ein armer Sünder, und weinet so sehr. In deinem Brief schriebst du uns, wir sollen dir noch mall vergeben. Vergeben wollen wir Dir lieber Sohn, aber vergessen werden wir dir nicht Eher, bis der Tod uns auseinander trennt, aber wir werden uns dann droben im Himmel wieder sehen und nun Hoffen wir das du diesen Brief von deine Eltern u Geschwister wirst wohl in deinen Kummer lesen und zur letzten ering mit nehmen, auf ein baldiges Wiedersehn da droben im Himmel. Und nun zum letzten einen Abschieds Gruss von deine armen Eltern und Geschwistern.

Du lieber Sohn.
Du komst nicht mehr, dein Platz in unsern Heim ist leer. Du reichst uns niemals mehr die Hand, zerrissen hast du das liebe Eltern Band. Aufwiedersehn von deine Eltern u Geschwistern im Himmel.

Und nun zum letzten Mall vieleicht Grüssen deine Eltern u Geschwister dir und gratulieren dir zu deinem Geburtstag, vielleicht bis du noch am Leben, lieber Sohn.

Donnerstag, der 25. Januar 1923

Zukunft

Die dreimal verhängte Todesstrafe gegen den landwirtschaftlichen Knecht Johannes Greve wird im Gnadenweg in lebenslängliche Zuchthausstrafe umgewandelt.

Zehnhoff, Justizminister

Das Bekanntwerden der Begnadigung stieß in der Presse und in der Bevölkerung auf wütende Proteste und seitenlange Artikel. Im Landgericht Flensburg wurden zwanzig Berichte sorgsam abgeschrieben und zu den Akten geheftet. Selbst in Dänemark fragte man sich, wann man denn die Todesstrafe vollstrecken wolle, wenn nicht in diesem Fall.

Nur der Amtsgerichtsrat erregte sich nicht so, wie Carl August erwartet hatte.

»Wir haben unsere Arbeit getan«, sagte Zuschlag und lächelte, »und ein Zweifel bleibt immer, darum – und das sage ich nur Ihnen – bin ich nie ein Freund der Todesstrafe gewesen. Und offensichtlich denkt man in Berlin so ähnlich.«

Bevor Carl August sich am Abend auf den Heimweg machte, trat er an den Amtsgerichtsrat heran.

»Ich habe eine Bitte in privater Angelegenheit«, begann er.

Zuschlag schaute ihn an.

»Es ist so …« Carl August fiel es nicht leicht, die

richtigen Worte zu finden. Er räusperte sich. »Mathilde Clausen und ich …«

»Ja?« Zuschlag hob die Augenbrauen.

»Wir wollen heiraten und möchten Sie bitten, unser Trauzeuge zu sein.« Endlich war es heraus.

»Das ist ja großartig!«, rief Zuschlag aus. »Das mache ich sehr gerne.«

»Wir wollen nur eine kleine Feier, denn …« Carl August strahlte übers ganze Gesicht. »… wir bekommen ein Kind, im Mai ist es so weit.«

»Dann könnte ich doch auch Pate sein!«

Als der junge Mann erfreut nickte, dachte Zuschlag, dass er auf diese Weise mit ihm in Verbindung bliebe, auch wenn sie nicht mehr zusammen arbeiteten. Carl August Drews war ihm ans Herz gewachsen.

»Auch meine Frau wird sich sehr freuen, wenn ich ihr mal eine gute Nachricht bringe«, sagte der Amtsgerichtsrat.

*

Käthe Nanning kam ins Wohnzimmer gerauscht, kaum dass sie angeklopft hatte. Katharina Rasch sah von ihrem Buch auf.

»Gerade habe ich es beim Kaufmann Steffen gehört«, rief sie noch außer Atem vom schnellen Lauf. »Greve wurde zu lebenslanger Zuchthausstrafe begnadigt. Er wird nicht geköpft.«

Katharina fühlte, wie ihr das Blut in den Adern stockte. Unwillkürlich fasste sie an ihr Herz, aber das schlug immer noch.

Käthe sah in das Gesicht, in dem keine Farbe mehr war.

»Und wo ich gerade bei den Neuigkeiten bin – ich

kündige!« Sie betonte jedes einzelne Wort. »Ich habe eine neue Stelle, in Ekenis, dort wo Nikolaus Schmidt als Verwalter tätig ist. Darauf freue ich mich.«

Sie wartete einen Moment auf eine Antwort, aber als die nicht kam, nahm sie das benutzte Teegeschirr und ging hinaus.

Katharina bemerkte es kaum. In ihren Ohren dröhnte das Wort ›Begnadigung‹. Wie konnte das angehen? War ein Irrtum möglich? Wohl kaum. Nun würde sie damit leben müssen, dass Greve eines Tages auf den Gedanken käme, doch darüber zu sprechen.

Katharina starrte vor sich hin. Da war wieder der Abend, an dem sie und ihre Stiefmutter alleine im Haus gewesen waren. Der Wind ließ die Zweige an der Mauer schaben. Das war unheimlich, und es kam ihr so vor, als schliche ein Mann mit bösen Absichten ums Haus. Von ihrem Fenster aus konnte sie sehen, dass bei Greve noch Licht in der Kammer brannte. Sie hatte dem Amtsgerichtsrat weisgemacht, sie habe Wienke hinübergeschickt, er solle nachschauen. Wie sollte das gehen? Wienke hatte vor dem Mord nicht auf dem Hof gearbeitet und er wohnte weiter unterhalb in seinem eigenen Haus. Sie selbst war gegangen. Sie wusste von der Vorstrafe des Greve, sie selbst hatte herausfinden wollen, was er im Schilde führte.

Sie streift das Kleid über, legt den warmen Schal um die Schultern, geht über den Hof. Nur der Wind ist zu hören und das Quietschen der Windfahne auf dem Dach des Pferdestalls. Sie reißt die Tür zu Greves Kammer auf. Der Knecht liegt im Bett und liest. Eine Hand versteckt er unter der Decke.

»Was hast du da?«

Sie zieht die Decke weg.

Er sieht sie ruhig und ohne Scham an, sein Geschlecht hat er aufgerichtet in der Hand.

Einen Moment schließt sie die Augen. Was hat sie getan? Es ist der Wind, der an ihren Nerven zerrt, der sie zu dieser Handlung treibt, der Wind und ihre Schwester, die den Wald behalten will. Und dann fährt die Lust durch ihren Körper, das Verlangen nach Umarmungen, Küssen und Hingabe.

Als sie die Augen öffnet, hat er sich bedeckt. Keine Scham ist in seinem Gesicht. Er kann mit seinem Körper tun, was er will, darüber hat sie nicht zu bestimmen. Er lächelt sogar, so als habe er ihre Gedanken erraten.

»Was liest du da?« Sie greift nach dem Buch. »Mord und Totschlag«, sagt sie verächtlich.

Er zuckt mit keiner Wimper.

»Warum warst du im Gefängnis?«, faucht sie.

Endlich spiegelt sich Erschrecken in seinem Gesicht.

»Wenn meine Schwester auf den Hof kommt, wird sie dich entlassen.«

»Sind Sie nicht zufrieden mit meiner Arbeit? Ich möchte meine Stelle behalten.«

»Ich würde viel dafür geben, wenn ich verhindern könnte, dass meine Schwester den Hof übernimmt.«

Er schweigt eine Weile. Dann sagt er: »Wieviel?«

»Zehntausend – ach, was sag ich, Hunderttausend.«

Er sieht sie an. »Vielleicht«, sagt er.

Eine Woche später, nach einem heftigen Streit mit ihrer Schwester um den Wald, sagte Greve: »Ich habe einen Plan – gilt es noch?«

»Ja«, sagte sie, »aber was du machst, tust du auf deine eigene Verantwortung. Ich will nichts davon wissen.«

Er hatte nur genickt und war gegangen. Sie hatte ihn nicht zum Mord angestiftet. Aber ein Richter würde das mit Sicherheit anders sehen. Katharina Rasch schlug die Hände vors Gesicht.

Montag, der 9. März 2009

Recherche

Nun habe ich den Roman beendet. So lange trage ich diese Geschichte mit mir herum. Meine Verlegerin hat mich darin bestärkt, aus den Dokumenten einen Roman zu machen. Jetzt muss ich noch erzählen, wie ich dazu gekommen bin, denn das ist auch eine interessante Geschichte.

Im Herbst des Jahres 1997 machten mein Mann und ich eine Woche Urlaub an der Schlei, in der Nähe von Kappeln. Eines Morgens las ich in einer Zeitung für Touristen unter der Überschrift »Gruseliges rund um die Glockentürme« von einem vierfachen Mord, der 1922 in Ulsnis geschehen war. In dem Bericht hieß es, dass die Witwe Schmidt von ihrem Mörder mit einer Botschaft aus dem Haus gelockt wurde. Er habe sie unterwegs an einem Knick ermordet, und da man ihn entdeckt habe, sei er zu dem Haus zurückgekehrt und habe auch die zwei Knaben der Witwe und das Dienstmädchen getötet. Bevor der Mörder gefasst wurde, habe er sogar einen der vier Leichenwagen gefahren. Steine auf dem Ulsnisser Friedhof würden an die schrecklichen Taten erinnern.

Die Steine auf dem Friedhof suchte ich vergebens. Ich fand nur viel ältere Steine mit seltsamen Figuren, die im Sockel der Wilhadikirche eingemauert waren, und die selbst Experten Rätsel aufgeben.

Warum wurde die Witwe ermordet? Diese Frage ließ mir keine Ruhe.

Von zu Hause aus schrieb ich an den *Schleiboten* und erhielt einen freundlichen Brief der Journalistin. Sie wisse leider auch nicht mehr, als in dem Artikel stünde, ich solle mich doch an den Bürgermeister von Ulsnis wenden.

Das tat ich, und er schrieb zurück, Zeitzeugen gebe es nicht, aber in Ulsnisland wohne ein Mitbürger, der habe noch ein Bild des Mörders und sei auch bereit, mir Auskunft zu geben.

Ich war erfreut, in Ulsnis auf so viel Entgegenkommen zu stoßen.

Bei meiner nächsten Reise erfuhr ich endlich den Namen der Witwe, mir wurde das »Mordhaus« gezeigt und auf dem Friedhof der Grabstein der Familie Schmidt. Außerdem bekam ich zwei Postkarten, die damals von dem Mörder und von den Ermittlern gemacht worden waren, die ihn verhaftet hatten. Ob darauf Holst und von Kulick zu sehen sind, weiß ich nicht, ich kann es nur vermuten und raten, dass der Vorgesetzte immer den Platz hinterm Schreibtisch einnimmt.

Aber *warum* die Morde geschehen waren, konnte der Mann, dessen Großvater die Tote gefunden hatte, mir nicht sagen.

»Vielleicht gibt es Gerichtsakten im Landesarchiv, fragen Sie doch mal in Schleswig nach«, riet er mir.

Mit wenig Hoffnung fuhr ich dort hin. Zu meiner großen Überraschung werden die Gerichtsakten da unter der Signatur Abt. 354 Nr. 747 aufbewahrt, dort schlummerten sie in ihrem Paket wahrscheinlich seit dem letzten Vermerk, der 1954 gemacht worden war. Die Akten, rosa Pappdeckel und vergilbte Seiten mit

Fadenheftung, befinden sich darin. Es gibt in Sütterlin handgeschriebene Seiten und Abschriften mit der Schreibmaschine, Briefe an Helene Schmidt, Fotos der Mordopfer und Skizzen der Tatorte. Alles, was mit dem Fall zu tun hatte, ist hier sorgfältig zusammengetragen worden.

Ich war viele Male im Archiv und habe in der ersten Zeit die Akten seitenweise auf Mikrofilm ablichten lassen. Diese Filme wurden mir zugeschickt, und ich konnte sie mir an der Universität Frankfurt am Main ausdrucken. Später war es dann möglich, gleich Kopien machen zu lassen und mitzunehmen.

Ich tippte alles in den Computer und sortierte danach die Berichte nach dem Datum. Nun begann der Mordfall mit dem Testament des Vaters. Ursprünglich wollte ich nur die Dokumente veröffentlichen, ich finde sie in dieser Form spannend genug. Durch die Aussagen und Berichte und Briefe wird auf einmal die Zeitgeschichte, das Miteinander in einem kleinen Dorf, bei aller Tragik, wieder lebendig.

Mathilde Clausen ist meiner Fantasie entsprungen, die Namen und Amtsbezeichnungen der anderen Personen habe ich mir ausgeliehen, um mich nicht allzu weit von der Wirklichkeit zu entfernen, denn die haben ja damals den Mordfall bearbeitet. Doch mehr als die Tatsachen, die Namen und Handschriften sind nicht bekannt. Da musste ein bisschen mehr Fantasie aushelfen. Die ganze Geschichte hat mir so zugesetzt, dass ich manchmal glaubte, alles sei mir selbst geschehen. Ich bin der schleswig-holsteinischen Landschaft durch meine Vorfahren verbunden, die väterlicherseits aus der Umgebung von Lübeck stammen. Viertelhufner,

Landwirte, Landarbeiter und Schuhmacher waren sie und einer war Glockenläuter in Travemünde.

In den Akten sind Schreiben des Greve und Berichte über den Gefangenen von 1937, 1938 und 1942. Er wurde in der Schneiderei beschäftigt und war in verschiedenen Zuchthäusern, Rendsburg, Bremen-Oslebshausen, Hamburg-Fuhlsbüttel und zuletzt in Waldheim/Sachsen.

Der folgende Brief ist aus der Strafanstalt Rendsburg vom 31. Juli 1923, als die Inflation auf ihrem Höhepunkt war. Greve hat ihn mit der Hand in Sütterlin geschrieben.

Im Briefkopf steht der Vordruck:

Briefe an Gefangene dürfen auf dem Umschlag nur die Aufschrift tragen: »An die Sektion der Strafanstalt zu Rendsburg (frei)« Auf der ersten Seite des Briefes oben ist der Name des Gefangenen zu vermerken. Gefangene dürfen in der Regel alle Monate einen Brief schreiben und empfangen. Öfter eingehende Briefe werden nicht ausgehändigt.

Dann kommt ein Satz, der durchgestrichen ist, weil er wohl nicht für den Gefangenen Greve gilt.

Bis auf weiteres werden monatlich etwa 8 Pfund Brot und 2 Pfund Schmalz oder Margarine oder Speck sowie 4 Rollen Kautabak angenommen.

Ansichts- und Glückwunschkarten, Tabak, Briefmarken und Briefpapier werden nicht ausgehändigt. Besuche alle 3 Monate: Wochentags 8- 1 Uhr 3-6 Uhr, Sonntags 10- 1 Uhr, 3-5 Uhr.

Äußerungen zu den Pfändungs- und Überweisungsbeschluss vom 21. Juli 1923.

Ich erkläre hiermit, dass ich die Kostenrechnung vom 6. Juli 1923 nicht anerkenne,

(3 000 000 M) ich begründe es damit, dass ich schon einmal und zwar am 3. Febr. 1923, eine Kostenrechnung erhalten und bezahlt habe, mithin lehne ich eine nochmalige Bezahlung unter energischen Protest ab und stelle den Antrag, dass über die nochmalige Bezahlung einer Kostenrechnung die Entscheidung eines Gerichts herbei geführt wird. Auch lege ich gegen eine Pfändung erwähnter Sachen scharfen Protest ein und erkläre hiermit, dieselben sind nicht mein Eigentum. Es ist nur geliehenes Gut. Sollte trotzt dieser Erklärung eine Pfändung der Sachen erfolgen, sehe ich mich gezwungen die Beschwerde an das Just. Ministerium einzureichen.

Weiter erkläre ich, dass Frau Rasch nicht zur Herausgabe der Sachen berechtigt ist, da dieselbe keinen Anspruch darauf hat. Ansprüche hierüber haben nur meine Eltern, da es deren Eigentum ist.

Eine Antwort dieses Schreiben entgegensehend

unterzeichne ich
Johannes Greve

Sollte die Staatsanwaltschaft nicht kompetent sein zur Entscheidung dieses Protestes, ersuche ich selbe an die nächstfolgende Instanz zu überweisen.

Greve

Extra Anliegen an die Staatsanwaltschaft

Bitte die Staatsanwaltschaft veranlassen zu wollen, dass mir eine Urteilsabschrift zwecks Wiederaufnahme meines Verfahrens zugesendet wird zur Genehmigung meiner Bitte entgegensehend unterzeichne ich

Johs. Greve

Ein weiterer aufschlussreicher Brief kam aus Rendsburg. Greve schrieb ihn am

8. November 1931
An den Herrn beauftragten für Gnadensachen

bei dem Landgericht in Flensburg
Durch Urteil des Schwurgerichts in Flensburg, bin ich am 23. August 1922 wegen Mordes zum Tode verurteilt. Im Januar 1923 wurde ich darauf vom Preußischen Staatsministerium zu lebenslänglicher Zuchthausstrafe begnadigt.

Bei Begehung der Tat war ich eben erst 18 Jahre alt. Ich bin mir des Verwerfliche und der Schwere meines Handelns heute voll bewusst, wogegen ich die Ausführung meinem ungefestigten Charakter, sowie meiner damaligen Jugend mangelden Erkenntnis unterstellen möchte. Ich erkenne die verhängte Strafe als durchaus gerechtfertigt an, jedoch lässt ihre Auswirkung mein Leben zwecklos und unnütz erscheinen. Ich möchte so gerne mein Streben und Arbeiten auf ein Ziel richten, das auch meiner Lust und Liebe zum Guten lohnende Verheißung gibt. Ich habe eine alte Mutter und vier ehrbare Geschwister, denen die Ungewissheit über mein Geschick viele Sorgen und Trübsal bringt. Ich möchte meiner Mutter so gerne noch Freude bereiten. Ihre Tage würden sicher dann freundlicher sein, wenn sie aus dieser Ungewissheit heraus könne.

Herzlichst bitte ich darum den Herrn Beauftragten für Gnadensachen zu prüfen, ob im weiteren Gnadenwege eine Aufhebung der lebenslänglichen Zuchthausstrafe erfolgen kann. Ich bitte herzlichst um Prüfung und Befürwortung zur Festsetzung einer begrenzten Zeitstrafe. Ich werde mich dafür dankbar erzeigen.

Sehr ergebenst

Johannes Greve
Strafanstalt Rendsburg

Von dem nächsten Brief wird Johannes Greve wahrscheinlich nichts gewusst haben. Am 28. August 1928 ging er bei der Polizeiverwaltung Flensburg ein.

Im Mai d. J. in der Anstalt Rendsburg, behauptete mir G. gegenüber im Jahre 1923 in einem Orte bei Süderbrarup Bez. Flensburg wo (G.) bei einem Landwirt als Dienstknecht tätig gewesen wäre, einen vierfachen Mord begangen zu haben.

Für diese Tat will (G) gekauft worden sein, und von dieser Person eine hohe Summe Geld versprochen bekommen zu haben.

Ich bin von (G.) warum er diesen Mord auf geheiß von einer Person ausführen sollte informiert.

Sollte sich die Polizei Flensburg, für diese Sache intressieren, dann bin ich bereit, mich hier im Lager einem Beamten von Flensburg gegenüber Rede stehn.

Dieser Beamte möge sich aber nur beim Herrn Komandoführer melden, und gegenüber andern Personen die größte Vorsicht bewahren zu wollen.

Zur beglaubigung meiner Worte, erlaube ich mir, zu

bemerken, das ich den Herrn Krim. Kommissar Warneburg Berlin, den Mord, der am 8. Oktober 1924 an den Polizeiwachten (Heger) Lauterberg gemacht worden ist, zur Aufklärung gebracht.

Habe ich den Herrn Krim. Kommissar (Unger) Hamburg, den Mord der am 3. März 1919 an den Zigarrenhändler (Holz) und vom 4. August 1919, an den Althändler (Frenkel) beide in Hamburg gemacht worden sind zur Aufklärung mit beigetragen.

(Meine Angelegenheit)

Ich Verbüße eine Zuchthausstrafe von 9 J. u. 4 M. davon habe ich 9 Jahre bis Dato verbüßt.

Lentföhrden d. 25.8.28
Adr. Heinrich Kaufmann
Lentföhrden Lager (2)
(Holstein)

Erst ein Jahr später wird der Mithäftling als Zeuge befragt!

Das Amtsgericht
Rantzau, den 24. September 1929
Der nachbenannte Zeuge vorgeführt durch den Oberlandjäger Ebel
Ich heiße Heinrich Kaufmann, bin 54 Jahre alt, Kutscher
In Lentföhrden Lager 2
z. Z. in Haft

Im Mai ds. J. habe ich eines Tages den Greve gefragt warum er eigentlich im Zuchthaus sei. Er sagte mir, er hätte einen vierfachen Mord begangen. Bei der Gelegenheit erzählte er weiter, dass er zu diesem Mord von der Schwester der Ermordeten, bei der er damals Dienstknecht gewesen angestiftet sei. Die Ermordete sei verlobt gewesen und wenn sie sich wieder verheiraten würde, dann würde sie den Hof ihrer Schwester bekommen und auf diesen Hof ziehen. Um das zu verhindern, habe die Schwester ihn angestiftet den Mord an der Schwester zu begehen. Er sagte auch weiter, dass gegen diese Schwester schon ein Verfahren geschwebt habe aber sie hätten ihr nichts nachweisen können.

Ein handschriftlicher Vermerk in Sütterlin ist darunter zu lesen:

Die Angaben des Kaufmann bieten keinen Anlass neue Ermittlungen anzustellen. In dem Ermittlungsverfahren ist auch die Schwester der Ermordeten gehört worden sie war auch verdächtigt. Es hat sich auch nicht der geringste Anhaltspunkt einer Mittäterschaft ergeben.

Außerdem ist Frau Rasch verstorben.

Auf dem nächsten Blatt der Akte ist die Anfrage des Oberstaatsanwaltes vom 30. September 1929 zu lesen.

In der Strafsache gegen Greve wegen Mordes wird um gefl. Auskunft ersucht, ob und wann die am 26. September 1892 geborene Frau Catharine Dorothea Rasch geb. Klinker in Ulsnis verstorben ist?

Ein handschriftlicher Vermerk aus Steinfeld bestätigte:

Frau Dorothea Catharine Rasch geb. Klinker ist am 17. März 1929 verstorben.

Vermutlich war der Mithäftling geschickter im Ausfragen als der Amtsgerichtsrat, der Oberstaatsanwalt und der Kriminalkommissar es gewesen waren. Johannes Greve hat in seinem Gnadengesuch nicht darauf gefußt, dass er zum Mord angestiftet worden sei. Warum er das nicht tat, darüber kann man nur spekulieren.

Sein Plan ging schief, er konnte Helene Schmidt nicht unbemerkt aus dem Hause locken und musste die Kinder und das Dienstmädchen auch töten. Vielleicht sah er das alles als seine Schuld an und hat deswegen nicht von einer Mittäterschaft gesprochen.

Leider werden wir die ganze Wahrheit nie erfahren.

Katharina Rasch ist nur sechsunddreißig Jahre alt geworden. Woran sie starb, ist nicht im Kirchenbuch vermerkt. Bis zum 1. April 1927 hatte sie den Klinkerschen Hof bewirtschaftet und verpachtete ihn danach. Sie heiratete einen großen Bauern aus Hestoft mit Namen Klinker und hatte damit wieder ihren Mädchennamen.

Ein Foto von Katharina konnte ich nicht bekommen.

Was aus Johannes Greve geworden ist – in den Akten ist ein letzter Vermerk:

Auf Ihre Anfrage wird mitgeteilt, dass Johannes Greve vom 20.6.44 bis 8.5.45 hier in Waldheim/Sachsen eingesessen hat und infolge Einmarsches russischer Besatzungstruppen vorzeitig entlassen wurde. Der Massenentlassungen wegen konnte ein Entlassziel nicht festgestellt werden.

Johannes Greve, ein Mann von einundvierzig Jahren, der mehr als die Hälfte seiner Lebenszeit bis dahin im Gefängnis verbracht hatte, stand mit seinen Entlassungspapieren mitten im Chaos des verlorenen Krieges, zwischen den Flüchtlingen und Ruinen. Ob er jemals an die Schlei zurückgekommen ist? Und wenn, was wird aus ihm geworden sein? Auch das werden wir wohl nie erfahren.

Im Landgericht von Flensburg gibt es eine Gerichtshistorische Sammlung, in der sich unter anderem eine »Zelle« befindet, die mit Originalgegenständen aus schleswig-holsteinischen Vollzugsanstalten ausgestattet ist.

Im ehemaligen Klinkerschen Hof kann man heutzutage Ferien machen.

Das Haus, in dem der Mord geschah, ist nicht mehr bewohnt und verfällt langsam. Ein alter Küchenherd steht darin, Tapeten hängen in Fetzen herunter und in der guten Stube kann man weiße Gardinen mit altmodischem Rosenmuster sehen. Im Schlafzimmer hängt ein Bild an der Wand, auf dem ein Engel den Schlaf zweier Kinder bewacht.

HERZLICHEN DANK möchte ich allen sagen, die mich bei meiner Arbeit unterstützt haben.

Vor allem danke ich Esther Geißlinger vom *Flensburger Tageblatt*, durch deren Artikel ich erst zu meinen Nachforschungen angeregt wurde, Herrn Thomsen für die Geschichten und Bilder und Begleitung zum Friedhof und zum Mordhaus, Familie Neumann für die Ulsnisser Chronik, Josephine Fürstenau und Erna Buss für die Hilfe beim Enträtseln der Sütterlinhandschriften. Auskunft und Information erhielt ich im Amtsgericht, im Museum und bei der netten Polizei von Kappeln, auch im Flensburger Landgericht, wofür ich herzlich danke und ebenso dem Landesarchiv Schleswig-Holstein. Bei Sigrid Lang, Uta Franck, Paul Pfeffer, Petra Lueken, Martina und Axel Dunkel möchte ich mich herzlich für das Lesen und die kritischen Anmerkungen zu den unterschiedlichen Manuskripten bedanken und meinem Mann, Peter Dunkel für seine Geduld und liebevolle Begleitung bei der Recherche. Auch meiner Lektorin, Maeve Carels, habe ich für entscheidende Verbesserungsvorschläge herzlich zu danken.

Verzeichnis der Literatur:

Hans-Peter Wengel: Kappelner Geschichten
Hans-Peter Wengel: Kappeln Stadt an der Schlei
Hans-August Koch: Fähren und Brücken über die Schlei, Schifffahrt im Liniendienst auf der Schlei
Achim Bielert: Aus Kappelns Militärgeschichte
David Fromkin: Europas letzter Sommer
Meiereimädchen, Arbeits- und Lebensformen im 19. Jahrhundert, Volkskundliche Sammlung Schleswig
Frauenwelten, Arbeit und Leben auf dem Lande
Chronik der Gemeinde Ulsnis
Chronik, Tag für Tag in Wort und Bild, 1922, Chronik Verlag
Gerd Stolz: Geschichte der Polizei in Schleswig-Holstein, Westholsteinische Verlagsanstalt Boyens & Co.
Gerichtsakten, Landesarchiv Schleswig-Holstein, Prinzenpalais, Gottorfstraße 6, 24837 Schleswig, Signatur Abt. 354 Nr. 747

Der Druck der Ablichtungen auf Seite 217 oben, 218, 219, 220 oben und unten erfolgte mit freundlicher Genehmigung das Landesarchivs Schleswig.

Hugo von Hofmannsthal

Die beiden

Sie trug den Becher in der Hand
Ihr Kinn und Mund glich seinem Rand,
So leicht und sicher war ihr Gang,
Kein Tropfen aus dem Becher sprang.

So leicht und fest war seine Hand
Er ritt auf einem jungen Pferde,
Und mit nachlässiger Gebärde
Erzwang er, dass es zitternd stand.

Jedoch als er aus ihrer Hand
Den leichten Becher nehmen sollte,
So war es beiden allzu schwer;
Denn beide bebten sie so sehr,
Dass keine Hand die andre fand
Und dunkler Wein am Boden rollte.

W. Baumgartner

Die Tage der Rosen

Noch ist die blühende goldene Zeit:
o du schöne Welt, wie bist du so weit!
Und so weit ist mein Herz,
und so klar wie der Tag,
wie die Lüfte, durchjubelt vom Lerchenschlag!
Ihr Fröhlichen, singt,
weil das Leben noch mait:
noch ist die schöne, die blühende Zeit,
noch sind die Tage der Rosen!

Frei ist das Herz, und frei das Lied,
und frei ist der Bursch, der die Welt durchzieht;
und ein rosiger Kuss
ist nicht minder frei,
so spröd und verschämt auch die Lippe sei.
Wo ein Lied erklingt, wo ein Kuss sich beut, da heißt's:
Noch ist die blühende, goldene Zeit,
noch sind die Tage der Rosen!

Ja im Herzen tief innen ist alles daheim,
der Freude Saaten, der Schmerzen Keim.
Noch ist die blühende goldene Zeit:
o du schöne Welt, wie bist du so weit!
Drum frisch sei das Herz
und lebendig der Sinn,
dann brauset, ihr Stürme, daher und dahin!

Wir aber sind allzeit zu singen bereit:
Noch ist die blühende, goldene Zeit,
noch sind die Tage der Rosen!

Aus: Wandervogels Singebuch, herausgegeben von Hermann Engel und Otto Mallon; Verlag Chr. Friedrich Vieweg, Berlin- Lichtenfelde, Erscheinungsjahr 1921

Ludvig Holstein

Fra »Digte«

Det er i dag et vejr – et solskinsvejr!
O, søde vår, så er du atter nær!
Nu vil jeg glemme rent, at det var vinter,
nu vil jeg gå og købe hyacinther
og bringe dem til en, som jeg har kær.

Hun købte af de hvide og de blå,
hun købte af de smukkeste, hun så.
Det er i dag et vejr! Og solen skinner
Og om mig svæver lutter lyse minder
dem ta'r jeg med til den, jeg tænker på.

Og de kom svævende i ring og rad.
Hun gik imellem dem ob var så glad.
Det er i dag et solskin uden mage!
Og jeg har solskin nok til mange dage,
og jeg må kysse hvert et lille blad.

Hun kyssede dem alle, hver især,
hun bragte dem til den, hun havde kær.
Min ven, her kommer jeg med hyacinther!
Min ven, nu glemmer vi, at det var vinter
Det er i dag et vejr, et solskinsvejr!

1895

Übersetzung des Gedichts aus dem Dänischen von Hanna Dunkel zum besseren Verständnis

Das ist ein Tag, ein Wetter – ein Sonnenscheinwetter!
O, süßer Frühling, nun bist du wieder nahe
Nun wollen wir vergessen, dass es Winter war
nun will ich Hyazinthen kaufen
und sie dem bringen, den ich lieb habe.

Sie kaufte von den weißen und den blauen,
sie kaufte von den schönsten, die sie sah.
Das ist ein Tag, ein Wetter! Und die Sonne scheint!
Und um mich schweben lauter helle Erinnerungen,
die nehme ich mit zu dem, an den ich denke.

Und sie schwebten herbei.
Sie ging inmitten von ihnen und war so froh.
Das ist ein Tag mit prachtvollem Sonnenschein!
Und ich habe genug Sonnenschein für viele Tage,
und ich muss jedes kleine Blatt küssen.

Sie küsste sie alle, jedes einzeln,
sie brachte sie zu ihm, den sie lieb hatte.
Mein Freund, hier komme ich mit Hyazinthen!
Mein Freund, nun vergessen wir, den Winter!
Das ist ein Tag, ein Wetter, ein Sonnenscheinwetter!

Als Carl August nach Hause kam, sagte Mathilde: »Schau dir mal an, was ich heute gekauft habe.«
Sie streckte ihm zwei Postkarten hin. Mit Verwunderung erkannte er auf einem Foto ***Johannes Greve*** *in seinem besten Anzug mit Weste und Uhrkette. Die linke Hand hielt er auf dem Rücken. (Seite 189)*

Auf der anderen Postkarte waren die beiden Ermittler, Kriminalkommissar ***von Kulick*** *mit einem Vergrößerungsglas in der Hand und sein Assistent* ***Holst****, zu sehen. (Seite 189/190)*

Der Ulsnisser Leichenwagen führte den Trauerzug an. Ein weißes und ein schwarzes Pferd zogen den Wagen. Auf dem Kutschbock saßen zwei Männer mit steifen Hüten, einen mit weißen Blumen geschmückten Kranz zwischen sich. (Seite 76)

***Helene Schmidt** (Mitte) und ihre beiden Söhne **Arthur** (2. v.l.) und **Max** wurden am 3. April 1922 ermordet aufgefunden. Ihr Mann Willi war kurz vor Ende des 1. Weltkriegs umgekommen. Links im Bild: Helenes Schwiegermutter.*

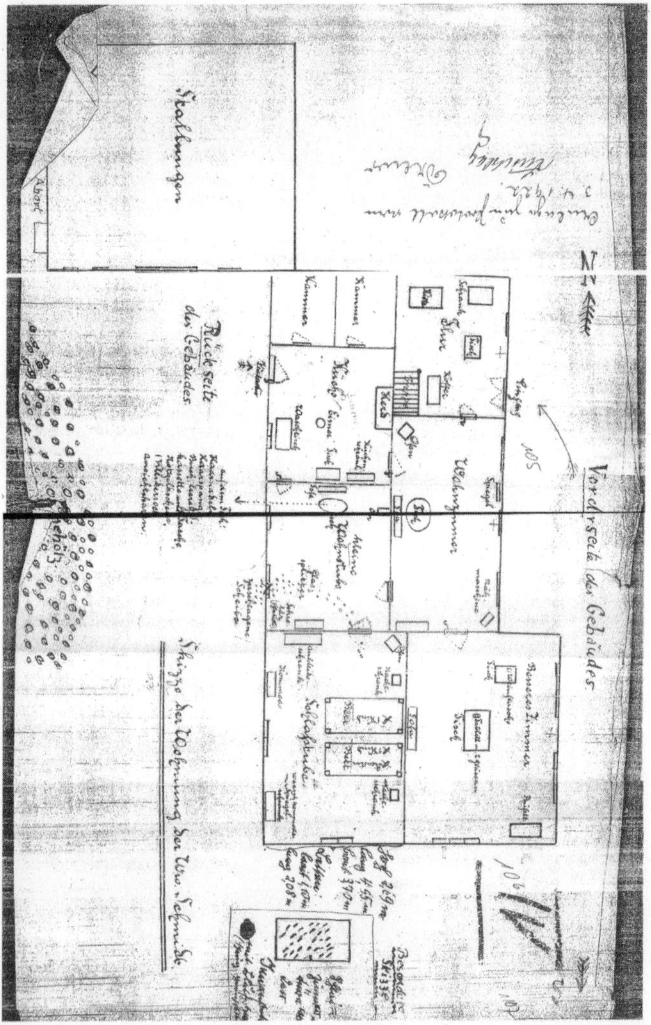

»Auf dem Tisch: Haarnadeln, Haarspange, Buch, leere Geldkassette …« Akribisch sind auf der Tatortskizze Details zur Fundsituation notiert.

Das Amtsgericht. Kappeln, den 17. Juni 1922.

C 60

Gegenwärtig:

Amtsgerichtsrat Zuschlag,
als Untersuchungsrichter,

Kanzleiassistent Drews
als Gerichtsschreiber.

In der ~~Straf~~ Voruntersuchungssache

gegen

Greve

wegen Mordes

erschien

der nachbenannte Zeuge Jess.

Der Zeuge wurde, mit dem Gegenstande der Untersuchung und der Person des Angeschuldigten bekannt gemacht, wurde, wie folgt, vernommen:

Ich heiße Claus Jess

bin 32 Jahre alt, evang. Religion

Volksschullehrer in Süderbrarup, nicht verwandt oder verschwägert mit dem Angeschuldigten.

Z.S. Der ältere ermordete Knabe Max Schmidt besuchte seit 2 Jahren die Volksschule in Süderbrarup und war seit dieser Zeit bei uns in Pension. Jeden Sonnabend fuhr er nach Hause, und zwar bei gutem Wetter mit dem Rade sofort nach dem Mittagessen

St. P. Nr. 17. Zeugen- und Sachverständigenvernehmung durch den Richter im vorbereitenden Verfahren und in der Voruntersuchung sowie durch den ersuchten Richter im Hauptverfahren (§§ 48 ff., 160, 183, 222 StPO.). — Amtsgericht.

Nahe der Gärtnerei wurde Helene Schmidt erschlagen aufgefunden. Ihre beiden Söhne und das Dienstmädchen Frieda Wiese tötete der Mörder im Haus.

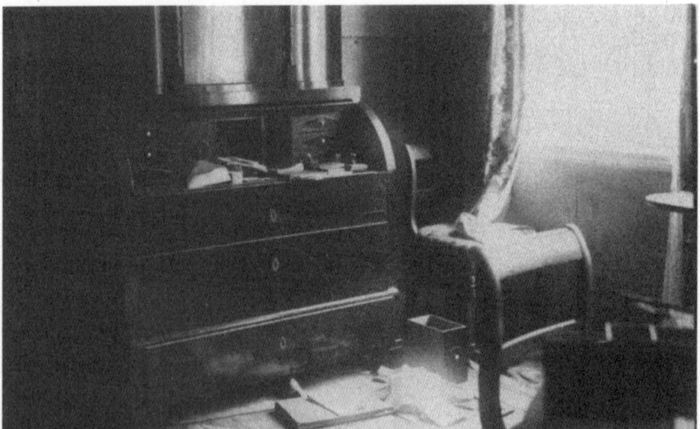

»... auch drinnen in der Stube lagen viele Glasscherben. Außerdem sah ich, dass die Schatulle offen stand und dass vor ihr auf dem Fußboden Papiere und Bücher zerstreut umherlagen.« (Seite 36)

Hanna Dunkel

Ihre Vorfahren väterlicherseits stammen aus der Umgebung von Lübeck, sie selbst wurde 1944 in Hamburg geboren und lebt seit vielen Jahren in der Nähe von Frankfurt am Main. Die Liebe zu Norddeutschland, zu Land und Leuten und dem Meer ist aber fest in ihr verankert. Im Leda-Verlag erschienen unter anderem die Kurzgeschichte *Eine außerordentliche Mitgliederversammlung* (in: *Unsere Ems*, 2009) und das Märchenbuch *Von der Königin, die behaglich Tee zu trinken wünschte*.

Thomas Breuer
Leander und der tiefe Frieden
Inselkrimi Föhr
978-3-86412-006-0

Thomas Breuer
Leander und die Stille der Koje
Inselkrimi
978-3-939689-82-9

Thomas Breuer
Leander und die alten Meister
Inselkrimi Föhr
978-3-86412-071-8

Böker/Vollbrecht
Berits Bild
Kriminalroman
Schleswig-Holstein
978-3-939689-70-6

Dietrich Petersen
Strandraub
Inselkrimi
Fehmarn
978-3-934927-96-4

Dietrich Petersen
Todesbelt
Inselkrimi
Fehmarn
978-3-86412-069-5

Andreas Schmidt
Tod mit Meerblick
Kriminalroman
Schleswig-Holstein
978-3-939689-67-6

Ellen Puffpaff
Dachbodenfund
Kriminalroman
Schleswig-Holstein
978-3-86412-009-13

H. & P. Gerdes (Hrsg):
Mordkompott
Meerumschlungen
SchleswigHolstein
978-3-939689-68-3

Anette Hinrichs
Die fünfte Jahreszeit
Kriminalroman
Hamburg
978-3-86412-005-3

Anette Hinrichs
Das siebte Symbol
Kriminalroman
Hamburg
978-3-86412-005-3

Manthey/Peterssen
Pfingstschmerz
Kriminalroman
Hamburg
978-3-86412-003-9